以直白筆觸表達獨見感悟，許地山精選散文集

鄉音

「我看見的處處都是悲劇；
我所感的事事都是痛苦。
可是我不呻吟，因為這是必然的現象。」

許地山———著

生命哲學、婚戀愛情、當代時局、文學藝術……
從經典之作〈落花生〉到深情悲劇〈海角的孤星〉，
65 篇散文作品，以弱者角度審視社會，寓意於故事間

目錄

蛇 ……………………007

笑……………………008

三遷 ………………010

香……………………012

願……………………013

山響 ………………015

愚婦人 ……………016

蜜蜂和農人 ………019

「小俄羅斯」的兵 …021

愛的痛苦 …………022

信仰的哀傷 ………025

暗途………………027

你為什麼不來 ……029

海 …………………031

梨花………………032

難解決的問題 ……033

愛就是刑罰 ………036

債……………………038

暾將出兮東方 ……042

鬼贊 ………………044

萬物之母 …………047

春的林野 …………051

花香霧氣中的夢……053

荼蘼 ………………056

銀翎的使命 ………059

美的牢獄 …………062

補破衣的老婦人 …064

光的死 ……………066

再會 ………………068

橋邊 ………………071

目錄

頭髮 …………………074

疲倦的母親 …………076

處女的恐怖 …………078

我想 …………………081

鄉曲的狂言 …………083

生 ……………………086

公理戰勝 ……………087

面具 …………………089

落花生 ………………090

別話 …………………092

愛流汐漲 ……………096

無法投遞之郵件 ……099

無法投遞之郵件（續）…118

海世間 ………………123

海角的孤星 …………126

今天 …………………132

青年節對青年講話 ……135

「七七」感言 …………143

一封公開的信 …………146

英雄造時勢與時勢造英雄 150

論「反新式風花雪月」…156

《落華生舌》弁言 ………161

《解放者》弁言 …………162

序《野鴿的話》…………164

創作的三寶和鑑賞的四依 168

女子的服飾 ……………173

讀《芝蘭與茉莉》因而想及我
的祖母 …………………179

我的童年 ………………197

牛津的書蟲 ……………202

老鴉咀 …………………206

窺園先生詩傳 …………209

談《菜根譚》……………224

上景山……………………226

先農壇 ……………………… 231

憶盧溝橋 ……………………234

蛇

在高可觸天的桄榔樹下。我坐在一條石凳上，動也不動一下。穿綵衣的蛇也蟠在樹根上，動也不動一下。多會讓我看見牠，我就害怕得很，飛也似地離開那裡，蛇也和飛箭一樣，射入蔓草中了。

我回來，告訴妻子說：「今兒險些不能再見妳的面！」

「什麼原故？」

「我在樹林見了一條毒蛇：一看見牠，我就速速跑回來；蛇也逃走了。……到底是我怕牠，還是牠怕我？」

妻子說：「若你不走，誰也不怕誰。在你眼中，牠是毒蛇；在牠眼中，你比牠更毒呢。」

但我心裡想著，要兩方互相懼怕，才有和平。若有一方大膽一點，不是牠傷了我，便是我傷了牠。

笑

　　我從遠地冒著雨回來。因為我妻子心愛的一樣東西讓我找著了；我得帶回來給她。

　　一進門，小丫頭為我收下雨具，老媽子也藉故出去了。我對妻子說：「相離好幾天，妳悶得慌嗎？……呀，香得很！這是從哪裡來的？」

　　「窗櫺下不是有一盆素蘭嗎？」

　　我回頭看，幾箭蘭花在一個汝窯缽上開著。我說：「這盆花多會移進來的？這麼大雨天，還能開得那麼好，真是難得啊！……可是我總不信那些花有如此的香氣。」

　　我們並肩坐在一張紫檀榻上。我還往下問：「良人，到底是蘭花的香，是妳的香？」

　　「到底是蘭花的香，是你的香？讓我聞一聞。」她說時，親了我一下。小丫頭看見了，掩著嘴笑，翻身揭開簾子，要往外走。

　　「玉耀，玉耀，回來。」小丫頭不敢不回來，但，仍然抿著嘴笑。

　　「妳笑什麼？」

「我沒有笑什麼。」

我為她們排解說：「妳明知道她笑什麼，又何必問她呢，饒了她罷。」

妻子對小丫頭說：「不許到外頭瞎說。去罷，到園裡給我摘些瑞香來。」小丫頭抿著嘴出去了。

三遷

花嫂子著了魔了！她只有一個孩子，捨不得教他入學。她說：「阿同的父親是因為念書念死的。」

阿同整天在街上和他的小夥伴玩：城市中應有的遊戲，他們都玩過。他們最喜歡學警察、人犯、老爺、財主、乞丐。阿同常要做人犯，被人用繩子捆起來，帶到老爺跟前挨打。

一天，給花嫂子看見了，說：「這還了得！孩子要學壞了。我得找地方搬家。」

她帶著孩子到村莊裡住。孩子整天在阡陌間和他的小夥伴玩：村莊裡應有的遊戲，他們都玩過。他們最喜歡做牛、馬、牧童、肥豬、公雞。阿同常要做牛，被人牽著騎著，鞭著他學耕田。

一天，又給花嫂子看見了，就說：「這還了得！孩子要變畜生了。我得找地方搬家。」

她帶孩子到深山的洞裡住。孩子整天在懸崖斷谷間和他的小夥伴玩。他的小夥伴就是小生番、小獼猴、大鹿、長尾山娘、大蛺蝶。他最愛學鹿的跳躍，獼猴的攀緣，蛺蝶的

飛舞。

　　有一天，阿同從懸崖上飛下去了。他的同伴小生番來給花嫂子報信，花嫂子說：「他飛下去麼？那麼，他就有本領了。」

　　呀，花嫂子瘋了！

香

　　妻子說：「良人，你不是愛聞香麼？我曾託人到鹿港去
買上好的沉香線；現在已經寄到了。」她說著，便抽出妝臺
的抽屜，取了一條沉香線，燃著，再插在小宣爐中。

　　我說：「在香煙繞繚之中，得有清談。給我說一個生番
故事罷。不然，就給我談佛。」

　　妻子說：「生番故事，太野了。佛更不必說，我也不會
說。」

　　「妳就隨便說些妳所知道的罷，橫豎我們都不大懂得；
妳且說，什麼是佛法罷。」

　　「佛法麼？ —— 色，—— 聲，—— 香，—— 味，——
觸，—— 造作，—— 思維，都是佛法；唯有愛聞香的愛不
是佛法。」

　　「妳又矛盾了！這是什麼因明？」

　　「不明白麼？因為你一愛，便成為你的嗜好；那香在你
聞覺中，便不是本然的香了。」

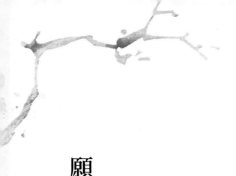

願

　　南普陀寺裡的大石，雨後稍微覺得乾淨，不過綠苔多長一些。天涯的淡霞好像給我們一個天晴的信。樹林裡的虹氣，被陽光分成七色。樹上，雄蟲求雌的聲，淒涼得使人不忍聽下去。妻子坐在石上，見我來，就問：「你從哪裡來？我等你許久了。」

　　「我領著孩子們到海邊撿貝殼咧。阿瓊撿著一個破貝，雖不完全，裡面卻像藏著珠子的樣子。等他來到，我教他拿出來給妳看一看。」

　　「在這樹蔭底下坐著，真舒服呀！我們天天到這裡來，多麼好呢！」

　　妻說：「你哪裡能夠……？」

　　「為什麼不能？」

　　「你應當作蔭，不應當受蔭。」

　　「你願我作這樣的蔭麼？」

　　「這樣的蔭算什麼！我願你作無邊寶華蓋，能普蔭一切世間諸有情。願你為如意淨明珠，能普照一切世間諸有情。願你為降魔金剛杵，能破壞一切世間諸障礙。願你為多寶盂

蘭盆，能盛百味，滋養一切世間諸飢渴者。願你有六手，
十二手，百手，千萬手，無量數那由他如意手，能成全一切
世間等等美善事。」

　　我說：「極善，極妙！但我願做調味的精鹽，滲入等等
食品中，把自己的形骸融散，且回覆當時在海裡的面目，使
一切有情得嚐鹹味，而不見鹽體。」

　　妻子說：「只有調味，就能使一切有情都滿足嗎？」

　　我說：「鹽的功用，若只在調味，那就不配稱為鹽了。」

山響

　　群峰彼此談得呼呼地響。它們的話語，給我猜著了。

　　這一峰說：「我們的衣服舊了，該換一換啦。」

　　那一峰說：「且慢罷，你看，我這衣服好容易從灰白色變成青綠色，又從青綠色變成珊瑚色和黃金色，──質雖是舊的，可是形色還不舊。我們多穿一會罷。」

　　正在商量的時候，它們身上穿的，都出聲哀求說：「饒了我們，讓我們歇歇罷。我們的形態都變盡了，再不能為你們爭體面了。」

　　「去罷，去罷，不穿你們也算不得什麼。橫豎不久我們又有新的穿。」群峰都出著氣這樣說。說完之後，那紅的、黃的綵衣就陸續褪下來。

　　我們都是天衣，那不可思議的靈，不曉得甚時要把我們穿著得非常破爛，才把我們收入天櫥。願祂多用一點氣力，及時用我們，使我們得以早早休息。

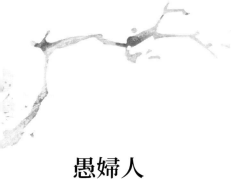

愚婦人

　　從深山伸出一條蜿蜒的路，窄而且崎嶇。一個樵夫在那裡走著，一面唱：

鷓鴣，鷓鴣，來年莫再鳴！
鷓鴣一鳴草又生。
草木青青不過一百數十日，
到頭來，又是樵夫擔上薪。

鷓鴣，鷓鴣，來年莫再鳴！
鷓鴣一鳴蟲又生。
百蟲生來不過一百數十日，
到頭來，又要紛紛撲紅燈。
鷓鴣，鷓鴣，來年莫再鳴！

……

　　他唱時，軟和的晚煙已隨他的腳步把那小路封起來了，他還要往下唱，猛然看見一個健壯的老婦人坐在溪澗邊，對著流水哭泣。

　　「妳是誰？有什麼難過的事？說出來，也許我能幫助妳。」

「我麼？唉！我……不必問了。」

樵夫心裡以為她一定是個要尋短見的人，急急把擔卸下，進前幾步，想法子安慰她。他說：「婦人，妳有什麼難處，請說給我聽，或者我能幫助妳。天色不早了，獨自一人在山中是很危險的。」

婦人說：「我從來就不知道什麼叫做難過。自從我父母死後，我就住在這樹林裡。我的親戚和同伴都叫我做石女。」她說到這裡，眼淚就融下來了。往下她的話語就支離得怪難明白。過一會，她才慢慢說：「我……我到這兩天才知道石女的意思。」

「知道自己名字的意思，更應當喜歡，為何倒反悲傷起來？」

「我每年看見樹林裡的果木開花，結實；把種子種在地裡，又生出新果木來。我看見我的親戚、同伴們不上二年就有一個孩子抱在她們懷裡。我想我也要像這樣 —— 不上二年就可以抱一個孩子在懷裡。我心裡這樣說，這樣盼望，到如今，六十年了！我不明白，才打聽一下。呀，這一打聽，叫我多麼難過！我沒有抱孩子的希望了，……然而，我就不能像果木，比不上果木麼？」

「哈，哈，哈！」樵夫大笑了，他說：「這正是妳的幸運

哪！抱孩子的人，比妳難過得多，妳為何不往下再向她們打聽一下呢？我告訴妳，不曾懷過胎的婦人是有福的。」

　　一個路傍素不相識的人所說的話，哪裡能夠把六十年的希望 —— 迷夢 —— 立時揭破呢？到現在，她的哭聲，在樵夫耳邊，還可以約略地聽見。

蜜蜂和農人

雨剛晴，蝶兒沒有蓑衣，不敢造次出來，可是瓜棚的四圍，已滿唱了蜜蜂的工夫詩：

彷彷，徨徨！徨徨，彷彷！

生就是這樣，徨徨，彷彷！

趁機會把蜜釀。

大家幫幫忙；

別誤了好時光。

彷彷，徨徨！徨徨，彷彷！

蜂雖然這樣唱，那底下坐著三四個農夫卻各人擔著菸管在那裡閒談。

人的壽命比蜜蜂長，不必像牠們那麼忙麼？未必如此。不過農夫們不懂牠們的歌就是了。但農夫們工作時，也會唱的。他們唱的是：

村中雞一鳴，

陽光便上升，

太陽上升好插秧。

禾秧要水養，

各人還為踏車忙。

東家莫截西家水；

西家不借東家糧。

各人只為各人忙 ──

「各人自掃門前雪，

不管他人瓦上霜。」

「小俄羅斯」的兵

　　短籬裡頭，一棵荔枝，結實纍纍。那朱紅的果實，被深綠的葉子托住，更是美觀；主人捨不得摘它們，也許是為這個緣故。

　　三兩個漫遊武人走來，相對說：「這棵紅了，熟了，就在這裡摘一點罷。」他們嫌從正門進去麻煩，就把籬笆拆開，大搖大擺地進前。一個上樹，兩個在底下接；一面摘，一面嘗，真高興呀！

　　屋裡跑出一個老婦人來，哀聲求他們說：「大爺們，我這棵荔枝還沒有熟哩；請別作踐它；等熟了，再送些給大爺們嚐嚐。」

　　樹上的人說：「胡說，妳不見果子已經紅了麼？怎麼我們吃就是作踐妳的東西？」

　　「唉，我一年的生計，都看著這棵樹。罷了，罷⋯⋯」

　　「妳還敢出聲麼？打死妳算得什麼；待一會，看把妳這棵不中吃的樹砍來做柴火燒，看妳怎樣。有能幹，可以叫你們的人到廣東吃去。我們那裡也有好荔枝。」

　　唉，這也是戰勝者、強者的權利麼？

愛的痛苦

在綠蔭月影底下，朗日和風之中，或急雨飄雪的時候，牛先生必要說他的真言，「啊，拉夫斯偏！」他在三百六十日中，少有不說這話的時候。

暮雨要來，帶著愁容的雲片，急急飛避；不識不知的蜻蜓還在庭園間遨遊著。愛誦真言的牛先生悶坐在屋裡，從西窗望見隔院的女友田和正抱著小弟弟玩。

姐姐把孩子的手臂咬得吃緊；擘他的兩頰；搖他的身體；又掌他的小腿。孩子急得哭了。姐姐才忙忙地擁抱住他，堆著笑說：「乖乖，乖乖，好孩子，好弟弟，不要哭。我疼愛你，我疼愛你！不要哭。」不一會孩子的哭聲果然停了。可是弟弟剛現出笑容，姐姐又該咬他、擘他、搖他、掌他咧。

檐前的雨好像珠簾，把牛先生眼中的對象隔住。但方才那種印象，卻縈迴在他眼中。他把窗戶關上，自己一人在屋裡踱來踱去。最後，他點點頭，笑了一聲，「哈，哈！這也是拉夫斯偏！」

他走近書桌子，坐下，提起筆來，像要寫什麼似地。想了半天，才寫上一句七言詩。他念了幾遍，就搖頭，自己

說：「不好，不好。我不會做詩，還是隨便記些起來好。」

牛先生將那句詩塗掉以後，就把他的日記拿出來寫。那天他要記的事情特別多。日記裡應用的空格，他在午飯後，早已填滿了。他裁了一張紙，寫著：

「黃昏，大雨。田在西院弄她的弟弟，動起我一個感想，就是：人都喜歡見他們所愛者的愁苦；要想方法教所愛者難受。所愛者越難受，愛者越喜歡，越加愛。

一切被愛的男子，在他們的女人當中，直如小弟弟在田的膝上一樣。他們也是被愛者玩弄的。

女人的愛最難給，最容易收回去。當她把愛收回去的時候，未必不是一種遊戲的衝動；可是苦了別人哪。

唉，愛玩弄人的女人，妳何苦來這一下！愚男子，你的苦惱，又活該呢！」

牛先生寫完，復看一遍，又把後面那幾句塗去，說：「寫得太過了，太過了！」他把那張紙付貼在日記上，正要起身，老媽子把哭著的孩子抱出來，一面說：「姐姐不好，愛欺負人。不要哭，咱們找牛先生去。」

「姐姐打我！」這是孩子所能對牛先生說的話。

牛先生裝作可憐的聲音，憂鬱的容貌，回答說：「是麼？姐姐打你麼？來，我看看打到哪步田地？」

　　孩子受他的撫慰，也就忘了痛苦，安靜過來了。現在吵鬧的，只剩下外間急雨的聲音。

信仰的哀傷

在更闌人靜的時候，倫文就要到池邊對他心裡所立的樂神請求說：「我怎能得著天才呢？我的天才缺乏了，我要表現的，也不能盡地表現了！天才可以像油那樣，日日添注入我這盞小燈麼？若是能，求祢為我，注入些少。」

「我已經為你注入了。」

倫先生聽見這句話，便放心回到自己的屋裡。他捨不得睡，提起樂器來，一口氣就製成一曲。自己奏了又奏，覺得滿意，才含著笑，到臥室去。

第二天早晨，他還沒有盥漱，便又把昨晚上的作品奏過幾遍；隨即封好，教人郵到歌劇場去。

他的作品一發表出來，許多批評隨著在報上登載八九天。那些批評都很恭維他：說他是這一派，那一派。可是他又苦起來了！

在深夜的時候，他又到池邊去，垂頭喪氣地對著池水，從口中發出顫聲說：「我所用的音節，不能達我的意思麼？呀，我的天才丟失了！再給我注入一點罷。」

「我已經為你注入了。」

他屢次求，心中只聽得這句回答。每一作品發表出來，所得的批評，每每使他憂鬱不樂。最後，他把樂器摔碎了，說：「我信我的天才丟了，我不再作曲子了。唉，我所依賴的，枉費祢眷顧我了。」

自此以後，社會上再不能享受他的作品；他也不曉得往哪裡去了。

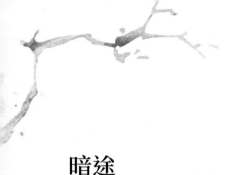

暗途

「我的朋友，且等一等，待我為你點著燈，才走。」

吾威聽見他的朋友這樣說，便笑道：「哈哈，均哥，你以我為女人麼？女人在夜間走路才要用火；男子，又何必呢？不用張羅，我空手回去罷，——省得以後還要給你送燈回來。」

吾威的村莊和均哥所住的地方隔著幾重山，路途崎嶇得很厲害。若是夜間要走那條路，無論是誰，都得帶燈。所以均哥一定不讓他暗中摸索回去。

均哥說：「你還是帶燈好。這樣的天氣，又沒有一點月影，在山中，難保沒有危險。」

吾威說：「若想起危險，我就回去不成了。……」

「那麼，你今晚上就住在我這裡，如何？」

「不，我總得回去，因為我的父親和妻子都在那邊等著我呢。」

「你這個人，太過執拗了。沒有燈，怎麼去呢？」均哥一面說，一面把點著的燈切切地遞給他。他仍是堅辭不受。

他說：「若是你定要叫我帶著燈走，那教我更不敢走。」

「怎麼呢？」

「滿山都沒有光，若是我提著燈走，也不過是照得三兩步遠；且要累得滿山的昆蟲都不安。若湊巧遇見長蛇也衝著火光走來，可又怎辦呢？再說，這一點的光可以把那照不著的地方越顯得危險，越能使我害怕。在半途中，燈一熄滅，那就更不好辦了。不如我空著手走，初時雖覺得有些妨礙，不多一會，什麼都可以在幽暗中辨別一點。」

他說完，就出門。均哥還把燈提在手裡，眼看著他向密林中那條小路穿進去，才搖搖頭說：「天下竟有這樣怪人！」

吾威在暗途中走著，耳邊雖常聽見飛蟲、野獸的聲音，然而他一點害怕也沒有。在蔓草中，時常飛些螢火出來，光雖不大，可也夠了。他自己說：「這是均哥想不到，也是他所不能為我點的燈。」

那晚上他沒有跌倒；也沒有遇見毒蟲野獸；安然地到他家裡。

你為什麼不來

在夭桃開透、濃蔭欲成的時候，誰不想伴著他心愛的人出去遊逛遊逛呢？在密雲不飛、急雨如注的時候，誰不願在深閨中等她心愛的人前來細談呢？

她悶坐在一張睡椅上，紊亂的心思像窗外的雨點 —— 東拋，西織，來回無定。在有意無意之間，又順手拿起一把九連環慵懶懶地解著。

丫頭進來說：「小姐，茶點都預備好了。」

她手裡還是慵懶懶地解著，口裡卻發出似答非答的聲：「……他為什麼還不來？」

除窗外的雨聲，和她手中輕微的銀環聲以外，屋裡可算靜極了！在這幽靜的屋裡，忽然從窗外伴著雨聲送來幾句優美的歌曲：

你放聲哭，

因為我把林中善鳴的鳥籠住麼？

你飛不動，

因為我把空中的雁射殺麼？

你不敢進我的門，

因為我家養狗提防客人麼？

因為我家養貓捕鼠，

你就不來麼？

因為我的燈火沒有籠罩，

燒死許多美麗的昆蟲

你就不來麼？

你不肯來，

因為我有⋯⋯？

「有什麼呢？她聽到末了這句，那紊亂的心就發出這樣的問。她心中接著想：因為我約你，所以你不肯來；還是因為大雨，使你不能來呢？

海

我的朋友說：「人的自由和希望，一到海面就完全失掉了！因為我們太不上算，在這無涯浪中無從顯出我們有限的能力和意志。」

我說：「我們浮在這上面，眼前雖不能十分如意，但後來要遇著的，或者超乎我們的能力和意志之外。所以在一個風狂浪駭的海而上，不能準說我們要到什麼地方就可以達到什麼地方；我們只能把性命先保持住，隨著波濤顛來播去便了。」

我們坐在一隻不如意的救生船裡，眼看著載我們到半海就毀壞的大船漸漸沉下去。

我的朋友說：「你看，那要載我們到目的地的船快要歇息去了！現在在這茫茫的空海中，我們可沒有主意啦。」

幸而同船的人，心憂得很，沒有注意聽他的話。我把他的手搖了一下說：「朋友，這是你縱談的時候麼？你不幫著划槳麼？」

「划槳麼？這是容易的事。但要划到哪裡去呢？」

我說：「在一切的海裡，遇著這樣的光景，誰也沒有帶著主意下來，誰也脫不了在上面泛來泛去。我們儘管划罷。」

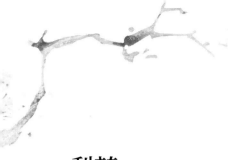

梨花

　　她們還在園裡玩，也不理會細雨絲絲穿入她們的羅衣。池邊梨花的顏色被雨洗得更白淨了，但朵朵都懶懶地垂著。

　　姐姐說：「妳看，花兒都倦得要睡了！」

　　「待我來搖醒它們。」

　　姐姐不及發言，妹妹的手早已抓住樹枝搖了幾下。花瓣和水珠紛紛地落下來，鋪得銀片滿地，煞是好玩。

　　妹妹說：「好玩啊，花瓣一離開樹枝，就活動起來了！」

　　「活動什麼？妳看，花兒的淚都滴在我身上哪。」姐姐說這話時，帶著幾分怒氣，推了妹妹一下。她接著說：「我不和妳玩了；妳自己在這裡罷。」

　　妹妹見姐姐走了，直站在樹下出神。停了半晌，老媽子走來，牽著她，一面走著，說：「妳看，妳的衣服都溼透了；在陰雨天，每日要換幾次衣服，教人到哪裡找太陽給妳晒去呢？」

　　落下來的花瓣，有些被她們的鞋印入泥中；有些黏在妹妹身上，被她帶走；有些浮在池面，被魚兒銜入水裡。那多情的燕子不歇把鞋印上的殘瓣和軟泥一同銜在口中，到梁間去，構成牠們的香巢。

難解決的問題

　　我叫同伴到釣魚磯去賞荷，他們都不願意去，剩我自己走著。我走到清佳堂附近，就坐在山前一塊石頭上歇息。在瞻顧之間，小山後面一陣唧咕的聲音夾著蟬聲送到我耳邊。

　　誰願意在優遊的天日中故意要找出人家的祕密呢？然而宇宙間的祕密都從無意中得來。所以在那時候，我不離開那裡，也不把兩耳掩住，任憑那些聲浪在耳邊蕩來蕩去。

　　辟頭一聲，我便聽得：「這實是一個難解決的問題。……」

　　既說是難解決，自然要把怎樣難的理由說出來。這理由無論是局內、局外人都愛聽的。以前的話能否鑽入我耳裡，且不用說，單是這一句，使我不能不注意。

　　山後的人接下去說：「在這三位中，你說要哪一位才合適？……梅說要等我十年；白說要等到我和別人結婚那一天；區說非嫁我不可，──她要終身等我。」

　　「那麼，你就要區罷。」

　　「但是梅的景況，我很了解。她的苦衷，我應當原諒。她能為了我犧牲十年的光陰，從她的境遇看來，無論如

何，是很可敬的。設使梅居區的地位，她也能說，要終身等我。」

「那麼，梅、區都不要，要白如何？」

「白麼？也不過是她的環境使她這樣達觀。設使她處著梅的景況，她也只能等我十年。」

會話到這裡就停了。我的注意只能移到池上，靜觀那被輕風搖擺的芰荷。呀，葉底那對小鴛鴦正在那裡歇午哪！不曉得牠們從前也曾解決過方才的問題沒有？不上一分鐘，後面的聲音又來了。

「那麼，三個都要如何？」

「笑話，就是沒有理性的獸類也不這樣辦。」

又停了許久。

「不經過那些無用的禮節，各人快活地同過這一輩子不成嗎？」

「唔……唔……唔……這是後來的話，且不必提，我們先解決目前的困難罷。我實不肯故意辜負了三位中的一位。我想用拈鬮的方法瞎挑一個就得了。」

「這不更是笑話麼？人間哪有這麼新奇的事！她們三人中誰願意遵你的命令，這樣辦呢？」

他們大笑起來。

「我們私下先拈一拈，如何？你權當作白，我自己權當作梅，剩下是區的份。」

　　他們由嚴重的密語化為滑稽的談笑了。我怕他們要鬧下坡來，不敢逗留在那裡，只得先走。釣魚磯也沒去成。

愛就是刑罰

「這什麼時候了，還埋頭在案上寫什麼？快跟我到海邊去走走罷。」

丈夫儘管寫著，沒站起來，也沒抬頭對他妻子行個「注目笑」的禮。妻子跑到身邊，要搶掉他手裡的筆，他才說：「對不起，妳自己去罷。船，明天一早就要開，今晚上我得把這幾封信趕出來；十點鐘還要送到船裡的郵箱去。」

「我要人伴著我到海邊去。」

「請七姨子陪妳去。」

「七妹子說我嫁了，應當和你同行；她和別的同學先去了。我要妳跟我去。」

「我實在對不起妳，今晚不能隨妳出去。」他們爭執了許久，結果還是妻子獨自出去。

丈夫低著頭忙他的事體，足有四點鐘工夫。那時已經十一點了，他沒有進去看看那新婚的妻子回來了沒有，披起大衣大踏步地出門去。

他回來，還到書房裡檢點一切，才進入臥房。妻子已先睡了。他們的約法：睡遲的人得親過先睡者的嘴才許上床。

所以這位少年走到床前，依法親了妻子一下。妻子急用手在唇邊來回擦了幾下。那意思是表明她不受這個接吻。

　　丈夫不敢上床，呆呆地站在一邊。一會，他走到窗前，兩手支著下頷，點點的淚滴在窗櫺上。他說：「我從來沒受過這樣刑罰！……妳的愛，到底在哪裡？」

　　「你說愛我，方才為什麼又刑罰我，使我孤零？」妻子說完，隨即起來，安慰他說：「好人，不要當真，我和你鬧玩哪。愛就是刑罰，我們能免掉麼？」

債

　　他一向就住在妻子家裡，因為他除妻子以外，沒有別的親戚。妻家的人愛他的聰明，也憐他的伶仃，所以萬事都尊重他。

　　他的妻子早已去世，膝下又沒有子女。他的生活就是念書、寫字，有時還彈彈七弦。他絕不是一個書呆子，因為他常要在書內求理解，不像書呆子只求多念。

　　妻子的家裡有很大的花園供他遊玩；有許多奴僕聽他使令。但他從沒有特意到園裡遊玩；也沒有呼喚過一個僕人。

　　在一個陰鬱的天氣裡，人無論在什麼地方都不舒服的。岳母叫他到屋裡閒談，不曉得為什麼緣故就勸起他來。岳母說：「我覺得自從儷兒去世以後，你就比前特別客氣。我勸你毋須如此，因為外人不知道都要怪我。看你穿成這樣，還不如家裡的僕人，若有生人來到，叫我怎樣過得去？倘或有人欺負你，說你這長那短，盡可以告訴我，我責罰他給你看。」

　　「我哪裡懂得客氣？不過我只覺得我欠的債太多，不好意思多要什麼。」

「什麼債？有人問你算帳麼？唉，你太過見外了！我看你和自己的侄子一樣，你短了什麼，儘管問管家的要去；若有人敢說閒話，我定不饒他。」

「我所欠的是一切的債。我看見許多貧乏人、愁苦人，就如該了他們無量數的債一般。我有好的衣食，總想先償還他們。世間若有一個人吃不飽足、穿不暖和、住不舒服，我也不敢公然獨享這具足的生活。」

「你說得太玄了！」她說過這話，停了半晌才接著點頭說：「很好，這才是讀書人『先天下之憂而憂』的精神。……然而你要什麼時候才還得清呢？你有清還的計畫沒有？」

「唔……唔……」他心裡從來沒有想到這個，所以不能回答。

「好孩子，這樣的債，自來就沒有人能還得清，你何必自尋苦惱？我想，你還是做一個小小的債主罷。說到具足生活，也是沒有涯岸的：我們今日所謂具足，焉知不是明日的缺陷？你多念一點書就知道生命即是缺陷的苗圃，是煩惱的秧田；若要補修缺陷，拔除煩惱，除棄絕生命外，沒有別條道路。然而，我們哪能辦得到？個個人都那麼怕死！你不要作這種非非想，還是順著境遇做人去罷。」

「時間，……計畫，……做人……」這幾個字從岳母口裡

發出，他的耳鼓就如受了極猛烈的椎擊。他想來想去，已想昏了。他為解決這事，好幾天沒有出來。

那天早晨，女傭端粥到他房裡，沒見他，心中非常疑惑。因為早晨，他沒有什麼地方可去：海邊呢？他是不輕易到的。花園呢？他更不願意在早晨去。因為丫頭們都在那個時候到園裡爭摘好花去獻給她們幾位姑娘。他最怕見的是人家毀壞現成的東西。

女傭四圍一望，驀地看見一封信被留針炙在門上。她忙取下來，給別人一看，原來是給老夫人的。

她把信拆開，遞給老夫人。上面寫著：

親愛的岳母：

妳問我的話，教我實在想不出好回答。而且，因妳這一問，使我越發覺得我所負的債更重。我想做人若不能還債，就得避債，絕不能教債主把他揪住，使他受苦。若論還債，依我的力量、才能，是不濟事的。我得出去找幾個幫忙的人。如果不能找著，再想法子。現在我去了，多謝妳栽培我這麼些年。我的前途，望妳記念；我的往事，願妳忘卻。我也要時時祝妳平安。

婿容融留字

老夫人念完這信，就非常愁悶。以後，每想起她的女婿，便好幾天不高興。但不高興儘管不高興，女婿至終沒有回來。

暾將出兮東方

在山中住，總要起得早，因為似醒非醒地眠著，是山中各樣的朋友所憎惡的。破曉起來，不但可以靜觀彩雲的變幻，和細聽鳥語的婉轉；有時還從山巔、樹表、溪影、村容之中給我們許多不可說不可說的愉快。

我們住在山壓檐牙閣裡，有一次，在曙光初透的時候，大家還在床上眠著，耳邊恍惚聽見一隊童男女的歌聲，唱道：

榻上人，應覺悟！

曉雞頻催三兩度。

君不見 ——

「暾將出兮東方」，

微光已透前村樹？

榻上人，應覺悟！

往後又跟著一節和歌：

暾將出兮東方！

暾將出兮東方！

會見新曦被四表，

使我樂兮無央。

那歌聲還接著往下唱，可惜離遠了，不能聽得明白。

嘯虛對我說：「這不是十年前你在學校裡教孩子唱的麼？怎麼會跑到這裡唱起來？」

我說：「我也很詫異，因為這首歌，連我自己也早已忘了。」

「你的暮氣滿面，當然會把這歌忘掉。我看你現在要用讚美光明的聲音去讚美黑暗哪。」

我說：「不然，不然。你何嘗了解我？本來，黑暗是不足詛咒，光明是毋須讚美的。光明不能增益你什麼，黑暗不能妨害你什麼，你以何因緣而生出差別心來？若說要讚美的話：在早晨就該讚美早晨；在日中就該讚美日中；在黃昏就該讚美黃昏；在長夜就該讚美長夜；在過去、現在、將來一切時間，就該讚美過去、現在、將來一切時間。說到詛咒，亦復如是。」

那時，朝曦已射在我們臉上，我們立即起來，計劃那日的遊程。

鬼贊

你們曾否在淒涼的月夜聽過鬼贊？有一次，我獨自在空山裡走，除遠處寒潭的魚躍出水聲略可聽見以外，其餘種種，都被月下的冷露幽閉住。我的衣服極其潤溼，我兩腿也走乏了。正要轉回家中，不曉得怎樣就經過一區死人的聚落。我因疲極，才坐在一個祭壇上少息。在那裡，看見一群幽魂高矮不齊，從各墳墓裡出來。他們彷彿沒有看見我，都向著我所坐的地方走來。

他們從這墓走過那墓，一排排地走著，前頭唱一句，後面應一句，和舉行什麼巡禮一樣。我也不覺得害怕，但靜靜地坐在一旁，聽他們的唱和。

第一排唱：「最有福的是誰？」

往下各排挨著次序應。

「是那曾用過視官，而今不能辨明暗的。」

「是那曾用過聽官，而今不能辨聲音的。」

「是那曾用過嗅官，而今不能辨香味的。」

「是那曾用過味官，而今不能辨苦甘的。」

「是那曾用過觸官，而今不能辨粗細、冷暖的。」

各排應完，全體都唱：「那棄絕一切感官的有福了！我們的骷髏有福了！」

第一排的幽魂又唱：「我們的骷髏是該讚美的。我們要讚美我們的骷髏。」

領首的唱完，還是挨著次序一排排地應下去。

「我們讚美你，因為你哭的時候，再不流眼淚。」

「我們讚美你，因為你發怒的時候，再不發出緊急的氣息。」

「我們讚美你，因為你悲哀的時候再不皺眉。」

「我們讚美你，因為你微笑的時候，再沒有嘴唇遮住你的牙齒。」

「我們讚美你，因為你聽見讚美的時候再沒有血液在你的脈裡顫動。」

「我們讚美你，因為你不肯受時間的播弄。」

全體又唱：「那棄絕一切感官的有福了，我們的骷髏有福了！」

他們把手舉起來一同唱：

「人哪，你在當生、來生的時候，有淚就得盡量流；有聲就得盡量唱；有苦就得盡量嘗；有情就得盡量施；有欲就

得盡量取；有事就得盡量成就。等到你疲勞、等到你歇息的時候，你就有福了！」

　　他們誦完這段，就各自分散。一時，山中睡不熟的雲直望下壓，遠地的丘陵都給埋沒了。我險些兒也迷了路途，幸而有斷斷續續的魚躍出水聲從寒潭那邊傳來，使我稍微認得歸路。

萬物之母

　　在這經過離亂的村裡，荒屋破籬之間，每日只有幾縷零零落落的炊煙冒上來；那人口的稀少可想而知。你一進到無論哪個村裡，最喜歡遇見的，是不是村童在阡陌間或園圃中跳來跳去；或走在你前頭，或隨著你步後模仿你的行動？村裡若沒有孩子們，就不成村落了。在這經過離亂的村裡，不但沒有孩子，而且有（人）向你要求孩子！

　　這裡住著一個不滿三十歲的寡婦，一見人來，便要求，說：「善心善行的人，求你對那位總爺說，把我的兒子給回。那穿虎紋衣服、戴虎兒帽的便是我的兒子。」

　　她的兒子被亂兵殺死已經多年了。她從不會忘記：總爺把無情的劍拔出來的時候，那穿虎紋衣服的可憐兒還用雙手招著，要她摟抱。她要跑去接的時候，她的精神已和黃昏的霞光一同麻痺而熟睡了。唉，最慘的事豈不是人把寡婦懷裡的獨生子奪過去，且在她面前害死嗎？要她在醒後把這事完全藏在她記憶的多寶箱裡，可以說，比剖芥子來藏須彌還難。

　　她的屋裡排列了許多零碎的東西；當時她兒子玩過的小団也在其中。在黃昏時候，她每把各樣東西抱在懷裡說：「我

的兒，母親豈有不救你，不保護你的？你現在在我懷裡咧。不要作聲，看一會人來又把你奪去。」可是一過了黃昏，她就立刻醒悟過來，知道那所抱的不是她的兒子。

那天，她又出來找她的「命」。月的光明蒙著她，使她在不知不覺間進入村後的山裡。那座山，就是白天也少有人敢進去，何況在盛夏的夜間，雜草把樵人的小徑封得那麼嚴！她一點也不害怕，攀著小樹，緣著蔦蘿，慢慢地上去。

她坐在一塊大石上歇息，無意中給她聽見了一兩聲的兒啼。她不及判別，便說：「我的兒，你藏在這裡麼？我來了，不要哭啦。」

她從大石下來，隨著聲音的來處，爬入石下一個洞裡。但是裡面一點東西也沒有。她很疲乏，不能再爬出來，就在洞裡睡了一夜。

第二天早晨，她醒時，心神還是非常恍惚。她坐在石上，耳邊還留著昨晚上的兒啼聲。這當然更要動她的心，所以那方從靉雲被裡鑽出來的朝陽無力把她臉上和鼻端的珠露晒乾了。她在瞻顧中，才看出對面山岩上坐著一個穿虎紋衣服的孩子。可是她看錯了！那邊坐著的，是一隻虎子；牠的聲音從那邊送來很像兒啼。她立即離開所坐的地方，不管當中所隔的谷有多麼深，儘管攀緣著，向那邊去。不幸早露未

乾，所依附的都很溼滑，一失手，就把她溜到谷底。

她昏了許久才醒回來。小傷總免不了，卻還能夠走動。她爬著，看見身邊暴露了一副小骷髏。

「我的兒，你方才不是還在山上哭著麼？怎麼你母親來得遲一點，你就變成這樣？」她把骷髏抱住，說：「呀，我的苦命兒，我怎能把你醫治呢？」悲苦儘管悲苦，然而，自她丟了孩子以後，不能不算這是她第一次的安慰。

從早晨直到黃昏，她就坐在那裡，不但不覺得餓，連水也沒喝過。零星幾點，已懸在天空，那天就在她的安慰中過去了。

她忽想起幼年時代，人家告訴她的神話，就立起來說：「我的兒，我抱你上山頂，先為你摘兩顆星星下來，嵌入你的眼眶，教你看得見；然後給你找相像的皮肉來補你的身體。可是你不要再哭，恐怕給人聽見，又把你奪過去。」

「敬姑，敬姑。」找她的人們在滿山中這樣叫了好幾聲，也沒有一點影響。

「也許她被那隻老虎吃了。」

「不，不對。前晚那隻老虎是跑下來捕雲哥圈裡的牛犢被打死的。如果那東西把敬姑吃了，絕不再下山來赴死。我們再進深一點找罷。」

　　唉，他們的工夫白費了！縱然找著她，若是她還沒有把
星星抓在手裡，她心裡怎能平安，怎肯隨著他們回來？

春的林野

　　春光在萬山環抱裡，更是泄漏得遲。那裡的桃花還是開著；漫遊的薄雲從這峰飛過那峰，有時稍停一會，為的是擋住太陽，教地面的花草在它的蔭下避避光焰的威嚇。

　　岩下的蔭處和山溪的旁邊滿長了薇蕨和其他鳳尾草。紅、黃、藍、紫的小草花點綴在綠茵上頭。

　　天中的雲雀，林中的金鶯，都鼓起牠們的舌簧。輕風把牠們的聲音擠成一片，分送給山中各樣有耳無耳的生物。桃花聽得入神，禁不住落了幾點粉淚，一片一片凝在地上。小草花聽得大醉，也和著聲音的節拍一會倒，一會起，沒有鎮定的時候。

　　林下一班孩子正在那裡撿桃花的落瓣哪。他們撿著，清兒忽嚷起來，道：「嘎，邕邕來了！」眾孩子住了手，都向桃林的盡頭盼望。果然邕邕也在那裡摘草花。

　　清兒道：「我們今天可要試試阿桐的本領了。若是他能辦得到，我們都把花瓣穿成一串瓔珞圍在他身上，封他為大哥如何？」

　　眾人都答應了。

阿桐走到邕邕面前，道：「我們正等著妳來呢。」

阿桐的左手盤在邕邕的脖上，一面走一面說：「今天他們要替妳辦嫁妝，教妳做我的妻子。妳能做我的妻子麼？」

邕邕狠視了阿桐一下，回頭用手推開他，不許他的手再搭在自己脖上。孩子們都笑得支持不住了。

眾孩子嚷道：「我們見過邕邕用手推人了！阿桐贏了！」

邕邕從來不會拒絕人，阿桐怎能知道一說那話，就能使她動手呢？是春光的蕩漾，把他這種心思泛出來呢？或者，天地之心就是這樣呢？

你且看：漫遊的薄雲還是從這峰飛過那峰。

你且聽：雲雀和金鶯的歌聲還布滿了空中和林中。在這萬山環抱的桃林中，除那班愛鬧的孩子以外，萬物把春光領略得心眼都迷濛了。

花香霧氣中的夢

　　在覆茅塗泥的山居裡，那阻不住的花香和霧氣從疏簾竄進來，直撲到一對夢人身上。妻子把丈夫搖醒，說：「快起罷，我們的被褥快溼透了。怪不得我總覺得冷，原來太陽被囚在濃霧的監獄裡不能出來。」

　　那夢中的男子，心裡自有他的溫暖，身外的冷與不冷他毫不介意。他沒有睜開眼睛便說：「噯呀，好香！許是妳桌上的素馨露灑了罷？」

　　「哪裡？你還在夢中哪。你且睜眼看簾外的光景。」

　　他果然揉了眼睛，擁著被坐起來，對妻子說：「怪不得我淨夢見一群女子在微雨中遊戲。若是妳不叫醒我，我還要往下夢哪。」

　　妻子也擁著她的絨被坐起來說：「我也有夢。」

　　「快說給我聽。」

　　「我夢見把你丟了。我自己一人在這山中遍處找尋你，怎麼也找不著。我越過山後，只見一個美麗的女郎挽著一籃珠子向各樹的花葉上頭亂撒。我上前去向她問你的下落，她笑著問我：『他是誰，找他幹什麼？』我當然回答，他是我的

丈夫，——」

「原來妳在夢中也記得他！」他笑著說這話，那雙眼睛還顯出很滑稽的樣子。

妻子不喜歡了。她轉過臉背著丈夫說：「你說什麼話！你老是要挑剔人家的話語，我不往下說了。」她推開絨被，隨即呼喚丫頭預備臉水。

丈夫速把她揪住，央求說：「好人，我再不敢了。妳往下說罷。以後若再饒舌，情願挨罰。」

「誰稀罕罰你？」妻子把這次的和平畫押了。她往下說：「那女人對我說，你在山前柚花林裡藏著。我那時又像把你忘了。……」

「哦，妳又……不，我應許過不再說什麼的；不然，我就要挨罰了。妳到底找著我沒有？」

「我沒有向前走，只站在一邊看她撒珠子。說來也很奇怪：那些珠子黏在各花葉上都變成五彩的零露，連我的身體也沾滿了。我忍不住，就問那女郎。女郎說：『東西還是一樣，沒有變化，因為妳的心思前後不同，所以覺得變了。妳認為珠子，是在我撒手之前，因為妳想我這籃子絕不能盛得露水。妳認為露珠時，在我撒手之後，因為妳想那些花葉不能留住珠子。我告訴妳：妳所認的不在東西，乃在使用東西

的人和時間；妳所愛的，不在體質，乃在體質所表的情。妳怎樣愛月呢？是愛那懸在空中已經老死的暗球麼？妳怎樣愛雪呢？是愛它那種砭人肌骨的凜冽麼？』」

「她一說到雪，我打了一個寒噤，便醒起來了。」

丈夫說：「到底沒有找著我。」

妻子一把抓住他的頭髮，笑說：「這不是找著了嗎？……我說，這夢怎樣？」

「凡妳所夢都是好的。那女郎的話也是不錯。我們最愉快的時候豈不是在接吻後，彼此的凝視嗎？」他向妻子痴笑，妻子把絨被拿起來，蓋在他頭上，說：「惡鬼！這會可不讓你有第二次的凝視了。」

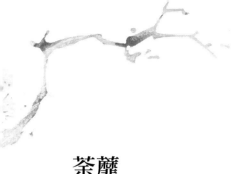

荼蘼

　　我常得著男子送給我的東西，總沒有當它們做寶貝看。我的朋友師松卻不如此，因為她從不曾受過男子的贈與。

　　自鳴鐘敲過四下以後，山上禮拜寺的聚會就完了。男男女女像出圈的羊，爭要下到山坡覓食一般。那邊有一個男學生跟著我們走，他的正名字我忘記了，我只記得人家都叫他做「宗之」。他手裡拿著一枝荼蘼，且行且嗅。荼蘼本不是香花，他嗅著，不過是一種無聊舉動便了。

　　「松姑娘，這枝荼蘼送給妳。」他在我們後面嚷著。松姑娘回頭看見他滿臉堆著笑容遞著那花，就速速伸手去接。她接著說：「很多謝，很多謝。」宗之只笑著點點頭，隨即從西邊的山徑轉回家去。

　　「他給我這個，是什麼意思？」

　　「妳想他有什麼意思，他就有什麼意思。」我這樣回答她。走不多遠，我們也分途各自家去了。

　　她自下午到晚上不歇把弄那枝荼蘼。那花像有極大的魔力，不讓她撒手一樣。她要放下時，每覺得花兒對她說：「為什麼離奪我？我不是從宗之手裡遞給妳，交妳照管的嗎？」

呀，宗之的眼、鼻、口、齒、手、足、動作，沒有一件不在花心跳躍著，沒有一件不在她眼前的花枝顯現出來！她心裡說：「你這美男子，為甚緣故送給我這花兒？」她又想起那天經壇上的講章，就自己回答說：「因為他顧念他使女的卑微，從今而後，萬代要稱我為有福。」

這是她愛荼蘼花，還是宗之愛她呢？我也說不清，只記得有一天我和宗之正坐在榕樹根談話的時候，他家的人跑來對他說：「松姑娘吃了一朵什麼花，說是你給她的，現在病了。她家的人要找你去問話咧。」

他嚇了一跳，也摸不著頭腦，只說：「我哪時節給她東西吃？這真是……！」

我說：「你細想一想。」他怎麼也想不起來。我才提醒他說：「你前個月在斜道上不是給了她一朵荼蘼嗎？」

「對呀，可不是給了她一朵荼蘼！可是我哪裡教她吃了呢？」

「為什麼你單給她，不給別人？」我這樣問他。

他很直截地說：「我並沒有什麼意思，不過隨手摘下，隨手送給別人就是了。我平素送了許多東西給人，也沒有什麼事；怎麼一朵小小的荼蘼就可使她著了魔？」

他還坐在那裡沉吟，我便促他說：「你還能在這裡坐著

麼？不管她是誤會，你是有意，你既然給了她，現在就得去看她一看才是。」

「我哪有什麼意思？」

我說：「你且去看看罷。蚌蛤何嘗立志要生珠子呢？也不過是外間的沙粒偶然滲入牠的殼裡，牠就不得不用盡工夫分泌些黏液把那小沙裹起來罷了。你雖無心，可是你的花一到她手裡，管保她不因花而愛起你來嗎？你敢保她不把那花當作你所賜給愛的標識，就納入她的懷中，用心裡無限的情思把它圍繞得非常嚴密嗎？也許她本無心，但因你那美意的沙無意中掉在她愛的貝殼裡，使她不得不如此。不用躊躇了，且去看看罷。」

宗之這才站起來，皺一皺他那副冷靜的臉龐，跟著來人從林菁的深處走出去了。

銀翎的使命

　　黃先生約我到獅子山麓陰溼的地方去找捕蠅草。那時剛過梅雨之期，遠地青山還被煙霞蒸著，唯有幾朵山花在我們眼前淡定地看那在溪澗裡逆行的魚兒喋著它們的殘瓣。

　　我們沿著溪澗走。正在找尋的時候，就看見一朵大白花從上游順流而下。我說：「這時候，哪有偌大的白荷花流著呢？」

　　我的朋友說：「你這近視鬼！你準看出那是白荷花麼？我看那是……」

　　說時遲，來時快，那白的東西已經流到我們跟前。黃先生急把採集網攔住水面；那時，我才看出是一隻鴿子。他從網裡把那死的飛禽取出來，詫異說：「是誰那麼不仔細，把人家的傳書鴿打死了！」他說時，從鴿翼下取出一封長的小信來，那信已被水浸透了；我們慢慢把它展開，披在一塊石上。

　　「我們先看看這是從哪裡來，要寄到哪裡去的，然後給他寄去，如何？」我一面說，一面看著。但那上頭不特地址沒有，甚至上下的款識也沒有。

黃先生說：「我們先看看裡頭寫的是什麼，不必講私德了。」

我笑著說：「是，沒有名字的信就是公的；所以我們也可以披閱一遍。」

於是我們一同念著：

「你教昆兒帶銀翎、翠冀來，吩咐我，若是牠們空著回去，就是我還平安的意思。我恐怕他知道，把這兩只小寶貝寄在霞妹那裡；誰知道前天她開籠擱飼料的時候，不提防把翠冀放走了！

噯，愛者，你看翠冀沒有帶信回去，定然很安心，以為我還平安無事。我也很盼望你常想著我的精神和去年一樣。不過現在不能不對你說的，就是過幾天人就要把我接去了！我不得不叫你速速來和他計較。你一來，什麼事都好辦了。因為他怕的是你和他講理。

噯，愛者，你見信以後，必得前來，不然，就見我不著；以後只能在**纍纍荒塚**中讀我的名字了，這不是我不等你，時間不讓我等你喲！

我盼望銀翎平平安安地帶著牠的使命回去。」

我們念完，黃先生道：「這是怎麼一回事？」

「誰能猜呢？反正是不幸的事罷了。現在要緊的，就是

怎樣處置這封信。我想把它貼在樹上，也許有知道這事的人經過這裡，可以把它帶去。」我搖著頭，且輕輕地把信揭起。

黃先生說：「不如拿到村裡去打聽一下，或者容易找出一點線索。」

我們商量之下，就另抄一張起來，仍把原信繫在鴿翼底下。黃先生用採掘鍬子在溪邊挖了一個小坑，把鴿子葬在裡頭。回頭為牠立了一座小碑，且從水中淘出幾塊美麗的小石壓在墓上。那墓就在山花盛開的地方，我一翻身，就把些花瓣搖下來，也落在這使者的墓上。

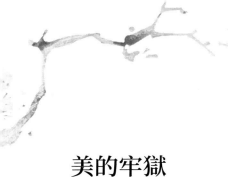

美的牢獄

嬿求正在鏡臺邊理她的晨妝，見她的丈夫從遠地回來，就把頭攏住，問道：「我所需要的你都給帶回來了沒有？」

「對不起！妳雖是一個建築師，或泥水匠，能為妳自己建築一座『美的牢獄』；我卻不是一個轉運者，不能為妳搬運等等材料。」

「你念書不是念得越糊塗，便是越高深了！怎麼你的話，我一點也聽不懂？」

丈夫含笑說：「不懂麼？我知道妳開口愛美，閉口愛美，多方地要求我給妳帶等等裝飾回來；我想那些東西都圍繞在妳的體外，合起來，豈不是成為一座監禁妳的牢獄嗎？」

她靜默了許久，也不做聲。她的丈夫往下說：「妻呀，我想妳還不明白我的意思。我想所有美麗的東西，只能讓它們散布在各處，我們只能在它們的出處愛它們；若是把它們聚攏起來，擱在一處，或在身上，那就不美了。……」

她睜著那雙柔媚的眼，搖著頭說：「你說得不對。你說得不對。若不剖蚌，怎能得著珠璣呢？若不開山，怎能得著金剛、玉石、瑪瑙等等寶物呢？而且那些東西，本來不美，

必得人把它們思索出來，加以裝飾，才能顯得美麗咧。若說我要裝飾，就是建築一所美的牢獄，且把自己監在裡頭，且問誰不被監在這種牢獄裡頭呢？如果世間真有美的牢獄，像你所說，那麼，我們不過是造成那牢獄的一沙一石罷了。」

「我的意思就是聽其自然，連這一沙一石也毋須留存。孔雀何為自己修飾羽毛呢？黃荷何嘗把它的花染紅了呢？」

「所以說它們沒有美感！我告訴你，你自己也早已把你的牢獄建築好了。」

「胡說！我何曾？」

「你心中不是有許多好的想像；不是要照你的好理想去行事麼？你所有的，是不是從古人曾經建築過的牢獄裡檢出其中的殘片？或是在自己的世界取出來的材料呢？自然要加上一點人為才能有意思。若是我的形狀和荒古時候的人一樣，你還愛我嗎？我準敢說，你若不好好地住在你的牢獄裡頭，且不時時把牢獄的牆垣壘得高高的，我也不能愛你。」

剛愎的男子，你何嘗佩服女子的話？你不過會說：「就是妳會說話！等我思想一會兒，再與妳決戰。」

補破衣的老婦人

　　她坐在簷前，微微的雨絲飄搖下來，多半聚在她臉龐的皺紋上頭。她一點也不理會，儘管收拾她的筐子。

　　在她的筐子裡有很美麗的零剪綢緞；也有很粗陋的麻頭、布尾。她從沒有理會雨絲在她頭、面、身體之上亂撲；只提防著筐裡那些好看的材料沾溼了。

　　那邊來了兩個小弟兄。也許他們是學校回來。小弟弟管她叫做「衣服的外科醫生」；現在見她坐在簷前，就叫了一聲。

　　她抬起頭來，望著這兩個孩子笑了一笑。那臉上的皺紋雖皺得更厲害，然而生的痛苦可以從那裡擠出許多，更能表明她是一個享樂天年的老婆子。

　　小弟弟說：「醫生，妳只用筐裡的材料在別人的衣服上，怎麼自己的衣服卻不管了？妳看妳肩脖補的那一塊又該掉下來了。」

　　老婆子摩一摩自己的肩脖，果然隨手取下一塊小方布來。她笑著對小弟弟說：「你的眼睛實在精明！我這塊原沒有用線縫住；因為早晨忙著要出來，只用漿子暫時糊著，盼

望晚上回去彌補；不提防雨絲替我揭起來了！……這揭得也不錯。我，既如你所說，是一個衣服的外科醫生，那麼，我是不怕自己的衣服害病的。」

她仍是整理筐裡的零剪綢緞，沒理會雨絲零落在她身上。

哥哥說：「我看爸爸的手冊裡夾著許多的零剪文件；他也是像妳一樣：不時地翻來翻去。他……」

弟弟插嘴說：「他也是另一樣的外科醫生。」

老婆子把眼光射在他們身上，說：「哥兒們，你們說得對了。你們的爸爸愛惜小冊裡的零碎文件，也和我愛惜筐裡的零剪綢緞一般。他湊合多少地方的好意思，等用得著時，就把它們編連起來，成為一種新的理解。所不同的，就是他用的是頭腦；我用的只是指頭便了。你們叫他做……」

說到這裡，父親從裡面出來，問起事由，便點頭說：「老婆子，妳的話很中肯。我們所為，原就和妳一樣，東搜西羅，無非是些綢頭、布尾，只配用來補補破衲襖罷了。」

父親說完，就下了石階，要在微雨中到葡萄園裡，看看他的葡萄長芽了沒有。這裡孩子們還和老婆子爭論著要號他們的爸爸做什麼樣醫生。

光的死

　　光離開他的母親去到無量無邊，一切生命的世界上。因為他走的時候臉上常帶著很憂鬱的容貌，所以一切能思維、能造作的靈體也和他表同情；一見他，都低著頭容他走過去；甚至帶著淚眼避開他。

　　光因此更煩悶了。他走得越遠，力量越不足；最後，他躺下了。他躺下的地方，正在這塊大地。在他旁邊有幾位聰明的天文家互相議論說：「太陽的光，快要無所附麗了，因為他冷死的時期一天近似一天了。」

　　光垂著頭，低聲訴說：「唉，諸大智者，你們為何淨在我母親和我身上擔憂？你們豈不明白我是為饒益你們而來麼？你們從沒有（在）我面前做過我曾為你們做的事。你們沒有接納我，也沒有⋯⋯」

　　他母親在很遠的地方，見他躺在那裡嘆息，就叫他回去說：「我的命兒，我所愛的，你回去罷。我一天一天任你自由地離開我，原是為眾生的益處；他們既不承受，你何妨回來？」

　　光回答說：「母親，我不能回去了。因為我走遍了一切

世界，遇見一切能思維、能造作的靈體，到現在還沒有一句話能夠對妳回報。不但如此，這裡還有人正咒詛我們哪！我哪有面目回去呢？我就安息在這裡罷。」

他的母親聽見這話，一種幽沉的顏色早已現在臉上。他從地上慢慢走到海邊，帶著自己的身體、威力，一分一厘地浸入水裡。母親也跟著暈過去了。

再會

靠窗櫺坐著那位老人家是一位航海者，剛從海外歸來的。他和蕭老太太是少年時代的朋友，彼此雖別離了那麼些年，然而他們會面時，直像忘了當中經過的日子。現在他們正談起少年時代的舊話。

「蔚明哥，你不是二十歲的時候出海的麼？」她屈著自己的指頭，數了一數，才用那雙被閱歷染濁了的眼睛看著她的朋友說：「呀，四十五年就像我現在數著指頭一樣地過去了！」

老人家把手捋一捋鬍子，很得意地說：「可不是！……記得我到妳家辭行那一天，妳正在園裡飼妳那隻小鹿；我站在妳身邊一棵正開著花的枇杷樹下，花香和妳頭上的油香雜竄入我的鼻中。當時，我的別緒也不曉得要從哪裡說起；但妳只低頭撫著小鹿。我想妳那時也不能多說什麼，妳竟然先問一句『要等到什麼時候我們再能相見呢？』我就慢答道：『毋須多少時候。』那時，妳……」

老太太截著說：「那時候的光景我也記得很清楚。當你說這句的時候，我不是說『要等再相見時，除非是黑墨有洗

得白的時節』。哈哈！你去時，那縷漆黑的頭髮現在豈不是已被海水洗白了麼？」

老人家摩摩自己的頭頂，說：「對啦！這也算應驗哪！可惜我總不（見）著芳哥，他過去多少年了？」

「唉，久了！你看我已經抱過四個孫兒了。」她說時，看著窗外幾個孩子在瓜棚下玩，就指著那最高的孩子說，「你看鼎兒已經十二歲了，他公公就在他彌月後去世的。」

他們談話時，丫頭端了一盤牡蠣煎餅來。老太太舉手嚷著蔚明哥說：「我定知道你的嗜好還沒有改變，所以特地為你做這東西。」

「你記得我們少時，你母親有一天做這樣的餅給我們吃。你拿一塊，吃完了才嫌餅裡的牡蠣少，助料也不如我的多，鬧著要把我的餅搶去。當時，你母親說了一句話，教我常常憶起，就是『好孩子，算了罷。助料都是攔在一起滲勻的。做的時候，誰有工夫把分量細細去分配呢？這自然是免不了有些多，有些少的；只要餅的氣味好就夠了。你所吃的原不定就是為你做的，可是你已經吃過，就不能再要了。』蔚明哥，你說末了這話多麼感動我呢！拿這個來比我們的境遇罷：境遇雖然一個一個排列在面前，容我們有機會選擇，有人選得好，有人選得歹，可是選定以後，就不能再選了。」

老人家拿起餅來吃，慢慢地說：「對啦！你看我這一生淨在海面生活，生活極其簡單，不像妳這麼繁複，然而我還是像當時吃那餅一樣 —— 也就飽了。」

　　「我想我老是多得便宜。我的『境遇的餅』雖然多一些助料，也許好吃一些，但是我的飽足是和你一樣的。」

　　談舊事是多麼開心的事！看這光景，他們像要把少年時代的事跡一一回溯一遍似地。但外面的孩子們不曉得因什麼事鬧起來，老太太先出去做判官；這裡留著一位矍鑠的航海者靜靜地坐著吃他的餅。

橋邊

　　我們住的地方就在桃溪溪畔。夾岸遍是桃林：桃實、桃葉映入水中，更顯出溪邊的靜謐。真想不到倉皇出走的人還能享受這明媚的景色！我們日日在林下遊玩；有時踱過溪橋，到朋友的蔗園裡找新生的甘蔗吃。

　　這一天，我們又要到蔗園去，剛踱過橋，便見阿芳 —— 蔗園的小主人 —— 很憂鬱地坐在橋下。

　　「阿芳哥，起來領我們到你園裡去。」他舉起頭來，望了我們一眼，也沒有說什麼。

　　我哥哥說：「阿芳，你不是說你一到水邊就把一切的煩悶都洗掉了嗎？你不是說，你是水邊的蜻蜓麼？你看歇在水菇花上那隻蜻蜓比你怎樣？」

　　「不錯。然而今天就是我第一次的憂悶。」

　　我們都下到岸邊，圍繞住他，要打聽這回事。他說：「方才紅兒掉在水裡了！」紅兒是他的腹婚妻，天天都和他在一塊兒玩的。我們聽了他這話，都驚訝得很。哥哥說：「那麼，你還能在這裡悶坐著嗎？還不趕緊去叫人來？」

　　「我一回去，我媽心裡的憂鬱怕也要一顆一顆地結出

來，像桃實一樣了。我寧可獨自在此憂傷，不忍使我媽媽知道。」

我的哥哥不等說完，一股氣就跑到紅兒家裡。這裡阿芳還在皺著眉頭，我也眼巴巴地望著他，一聲也不響。

「誰掉在水裡啦？」

我一聽，是紅兒的聲音，速回頭一望，果然哥哥攜著紅兒來了！她笑咪咪地走到芳哥跟前，芳哥像很驚訝地望著她。很久，他才出聲說：「妳的話不靈了麼？方才我貪著要到水邊看看我的影兒，把它擱在樹丫上，不留神輕風一搖，把它搖落水裡。它隨著流水往下流去；我回頭要抱它，它已不在了。」

紅兒才知道掉在水裡的是她所贈與的小囝。她曾對阿芳說那小囝也叫紅兒，若是把它丟了，便是丟了她。所以芳哥這麼謹慎看護著。

芳哥實在以紅兒所說的話是千真萬真的，看今天的光景，可就教他懷疑了。他說：「哦，妳的話也是不準的！我這時才知道丟了妳的東西不算丟了妳，真把妳丟了才算。」

我哥哥對紅兒說：「無意的話倒能教人深信：芳哥對妳的信念，頭一次就在無意中給妳打破了。」

紅兒也不著急，只優遊地說：「信念算什麼？要真相知

才有用哪。……也好，我藉著這個就知道他了。我們還是到
蔗園去罷。」

　　我們一同到蔗園去，芳哥方才的憂鬱也和糖汁一同吞下
去了。

頭髮

　　這村裡的大道今天忽然點綴了許多好看的樹葉，一直達到村外的麻栗林邊。村裡的人，男男女女都穿得很整齊，像舉行什麼大節期一樣。但六月間沒有重要的節期，婚禮也用不著這麼張羅，到底是為甚事？

　　那邊的男子們都唱著他們的歌，女子也都和著。我只靜靜地站在一邊看。

　　一隊兵押著一個壯年的比丘從大道那頭進前。村裡的人見他來了，歌唱得更大聲。婦人們都把頭髮披下來，爭著跪在道傍，把頭髮鋪在道中；從遠一望，直像整匹的黑練攤在那裡。那位比丘從容地從眾女人的頭髮上走過；後面的男子們都嚷著：「可讚美的孔雀旗呀！」

　　他們這一嚷就把我提醒了。這不是倡自治的孟法師入獄的日子嗎？我心裡這樣猜，趕到他離村裡的大道遠了，才轉過籬笆的西邊。剛一拐彎，便遇著一個少女摩著自己的頭髮，很懊惱地站在那裡。我問她說：「小姑娘，妳站在此地，為你們的大師傷心麼？」

　　「固然。但是我還咒詛我的頭髮為什麼偏生短了，不能

攤在地上，教大師腳下的塵土留下些少在上頭。你說今日村裡的眾女子，哪一個不比我榮幸呢？」

「這有什麼榮幸？若妳有心恭敬妳的國土和妳的大師就夠了。」

「咦！靜藏在心裡的恭敬是不夠的。」

「那麼，等他出獄的時候，妳的頭髮就夠長了。」

女孩子聽了，非常喜歡，至於跳起來說：「得先生這一祝福，我的頭髮在那時定能比別人長些。多謝了！」

她跳著從籬笆對面的流連子園去了。我從西邊一直走，到那麻栗林邊。那裡的土很溼，大師的腳印和兵士的鞋印在上頭印得很分明。

疲倦的母親

那邊一個孩子靠近車窗坐著，遠山，近水，一幅一幅，次第嵌入窗戶，射到他的眼中。他手畫著，口中還咿咿啞啞地，唱些沒字曲。

在他身邊坐著一個中年婦人，去（支）著頭瞌睡。孩子轉過臉來，搖了她幾下，說：「媽媽，妳看看，外面那座山很像我家門前的呢。」

母親舉起頭來，把眼略睜一睜；沒有出聲，又支著頤睡去。

過一會，孩子又搖她，說：「媽媽，不要睡罷，看睡出病來了。妳且睜一睜眼看看外面八哥和牛打架呢。」

母親把眼略略睜開，輕輕打了孩子一下；沒有做聲，又支著頭睡去。

孩子鼓著腮，很不高興。但過一會，他又唱起來了。

「媽媽，聽我唱歌罷。」孩子對著她說了，又搖她幾下。

母親帶著不喜歡的樣子說：「你鬧什麼？我都見過，都聽過，都知道了；你不知道我很疲乏，不容我歇一下麼？」

孩子說：「我們是一起出來的，怎麼我還頂精神，妳就

疲乏起來？難道大人不如孩子麼？」

車還在深林平疇之間穿行著。車中的人，除那孩子和一二個旅客以外，少有不像他母親那麼鼾睡的。

處女的恐怖

深沉院落，靜到極地；雖然我的腳步走在細草之上，還能驚動那伏在綠叢裡的蜻蜓。我每次來到庭前，不是聽見投壺的音響，便是聞得四弦的顫動；今天，連窗上鐵馬的輕撞聲也沒有了！

我心裡想著這時候小坡必定在裡頭和人下圍棋；於是輕輕走著，也不聲張，就進入屋裡。出乎主人的意想，跑去站在他後頭，等他驀然發覺，豈不是很有趣？但我輕揭簾子進去時，並不見小坡，只見他的妹子伏在書案上假寐。我更不好聲張，還從原處躡出來。

走不遠，方才被驚的蜻蜓就用那碧玉琢成的一千隻眼瞧著我。一見我來，牠又鼓起雲母的翅膀飛得颯颯作響。可是破岑寂的，還是屋裡大踏大步的聲音。我心知道小坡的妹子醒了，看見院裡有客，緊緊要迴避，所以不敢回頭觀望，讓她安然走入內衙。

「四爺，四爺，我們太爺請你進來坐。」我聽得是玉笙的聲音，回頭便說：「我已經進去了；太爺不在屋裡。」

「太爺隨即出來，請到屋裡一候。」她揭開簾子讓我進

去。果然他的妹子不在了！丫頭剛走到衙內院子的光景，便有一股柔和而帶笑的聲音送到我耳邊說：「外面伺候的人一個也沒有；好在是西衙的四爺，若是生客，教人怎樣進退？」

「來的無論生熟，都是朋友，又怕什麼？」我認得這是玉笙回答她小姐的話語。

「女子怎能不怕男人，敢獨自一人和他們應酬麼？」

「我又何嘗不是女子？妳不怕，也就沒有什麼。」

我才知道她並不曾睡去，不過迴避不及，裝成那樣的。我走近案邊，看見一把畫未成的紈扇擱在上頭。正要坐下，小坡便進來了。

「老四，失迎了。舍妹跑進去，才知道你來。」

「豈敢，豈敢。請原諒我的莽撞。」我拿起紈扇問道，「這是令妹寫的？」

「是。她方才就在這裡寫畫。筆法有什麼缺點，還求指教，」

「指教倒不敢；總之，這把扇是我撿得的，是沒有主的，我要帶它回去。」我搖著扇子這樣說。

「這不是我的東西，不干我事。我叫她出來與你當面交涉。」小坡笑著向簾子那邊叫，「九妹，老四要把妳的扇子拿去了！」

他妹子從裡面出來；我忙趨前幾步──賠笑，行禮。我說：「請饒恕我方才的唐突。」她沒做聲，儘管笑著。我接著說：「令兄應許把這扇送給我了。」

小坡搶著說：「不！我只說你們可以直接交涉。」

她還是笑著，沒有做聲。

我說：「請九姑娘就案一揮，把這畫完成了，我好立刻帶走。」

但她仍不做聲。她哥哥不耐煩，促她說：「到底是允許人家是不允許，儘管說，害什麼怕？」妹子掃了他一眼，說：「人家就是這麼害怕。」她對我說：「這是不成東西的，若是要，我改天再奉上。」

我速速說：「夠了，我不要更好的了。妳既然應許，就將這一把賜給我罷。」於是她仍舊坐在案邊，用丹青來染那紈扇。我們都在一邊看她運筆。小坡笑著對妹子說：「現在可不怕人了。」

「當然。」她含笑對著哥哥。自這聲音發出以後，屋裡、庭外，都非常沉寂；窗前也沒有鐵馬的輕撞聲。所能聽見的只有畫筆在筆洗裡撥水的微響，和顏色在扇上的運行聲。

我想

我想什麼？

我心裡本有一條達到極樂園地的路，從前曾被那女人走過的；現在那人不在了，這條路不但是荒蕪，並且被野草、閒花、棘枝、繞藤占據得找不出來了！

我許久就想著這條路，不單是開給她走的，她不在，我豈不能獨自來往？

但是野草、閒花這樣美麗、香甜，我怎捨得把它們去掉呢？棘枝、繞藤又那樣橫逆、蔓延，我手裡又沒有器械，怎敢惹它們呢？我想獨自在那路上徘徊，總沒有實行的日子。

日子一久，我連那條路的方向也忘了。我只能日日跑到路口那個小池的岸邊靜坐，在那裡悵望，和沉思那草掩、藤封的道途。

狂風一吹，野花亂墜，池中錦魚道是好餌來了，爭著上來喋喋。我所想的，也浮在水面被魚喋入口裡；復幻成泡沫吐出來，仍舊浮回空中。

魚還是活活潑潑地游；路又不肯自己開了；我更不能把所想的撇在一邊。呀！

　　我定睛望著上下游泳的錦魚；我的回想也隨著上下遊蕩。呀，女人！妳現在成為我「記憶的池」中的錦魚了。妳有時浮上來，使我得以看見妳；有時沉下去，使我費神猜想妳是在某片落葉底下，或某塊沙石之間。

　　但是那條路的方向我早忘了，我只能每日坐在池邊，盼望妳能從水底浮上來。

鄉曲的狂言

　　在城市住久了，每要害起村莊的相思病來。我喜歡到村莊去，不單是貪玩那不染塵垢的山水；並且愛和村裡的人攀談。我常想著到村裡聽莊稼人說兩句愚拙的話語，勝過在郡邑裡領受那些智者的高談大論。

　　這日，我們又跑到村裡拜訪耕田的隆哥。他是這小村的長者，自己耕著幾畝地，還藝一所菜園。他的生活倒是可以羨慕的。他知道我們不願意在他矮陋的茅茆（屋）裡，就讓我們到籬外的瓜棚下坐坐。

　　橫空地長虹從前山的凹處吐出來，七色的影印在清潭的水面。我們正凝神看著，驀然聽得隆哥好像對著別人說：「衝那邊走罷，這裡有人。」

　　「我也是人，為何這裡就走不得？」我們轉過臉來，那人已站在我們跟前。那人一見我們，應行的禮，他也懂得。我們問過他的姓名，請他坐。隆哥看見這樣，也就不做聲了。

　　我們看他不像平常人；但他有什麼毛病，我們也無從說起。他對我們說：「自從我回來，村裡的人不曉得當我做個什麼。我想我並沒有壞意思，我也不打人，也不叫人吃虧，

也不占人便宜，怎麼他們就這般地欺負我 —— 連路也不許我走？」

和我同來的朋友問隆哥說：「他的職業是什麼？」隆哥還沒作聲，他便說：「我有事做，我是有職業的人。」說著，便從口袋裡掏出一本小摺子來，對我的朋友說：「我是做買賣的。我做了許久了，這本摺子裡所記的帳不曉得是人該我的，還是我該人的，我也記不清楚，請你給我看看。」他把摺子遞給我的朋友，我們一同看，原來是同治年間的廢折！我們忍不住大笑起來，隆哥也笑了。

隆哥怕他招笑話，想法子把他哄走。我們問起他的來歷，隆哥說他從少在天津做買賣，許久沒有消息，前幾天剛回來的。我們才知道他是村裡新回來的一個狂人。

隆哥說：「怎麼一個好好的人到城市裡就變成一個瘋子回來？我聽見人家說城裡有什麼瘋人院，是造就這種瘋子的。你們住在城裡，可知道有沒有這回事？」

我回答說：「笑話！瘋人院是人瘋了才到裡邊去；並不是把好好的人送到那裡教瘋了放出來的。」

「既然如此，為何他不到瘋人院裡住，反跑回來，到處騷擾？」

「那我可不知道了。」我回答時，我的朋友同時對他說：

「我們也是瘋人，為何不到瘋人院裡住？」

隆哥很詫異地問：「什麼？」

我的朋友對我說：「我這話，你說對不對？認真說起來，我們何嘗不狂？要是方才那人才不狂呢。我們心裡想什麼，口又不敢說，手也不敢動，只會裝出一副臉孔；倒不如他想說什麼便說什麼，想做什麼就做什麼，那分誠實，是我們做不到的。我們若想起我們那些受拘束而顯出來的動作，比起他那真誠的自由行動，豈不是我們倒成了狂人？這樣看來，我們才瘋，他並不瘋。」

隆哥不耐煩地說：「今天我們都發狂了，說那個幹什麼？我們談別的罷。」

瓜棚底下閒談，不覺把印在水面長虹驚跑了。隆哥的兒子趕著一對白鵝向潭邊來。我的精神又貫注在那純淨的家禽身上。鵝見著水也就發狂了。牠們互叫了兩聲，便拍著翅膀趨入水裡，把靜明的鏡面踏破。

生

　　我的生活好像一棵龍舌蘭，一葉一葉慢慢地長起來。某一片葉在一個時期曾被那美麗的昆蟲做過巢穴；某一片葉曾被小鳥們歇在上頭歌唱過。現在那些葉子都落掉了！只有瘢楞的痕跡留在幹上，人也忘了某葉某葉曾經顯過的樣子；那些葉子曾經歷過的事跡唯有龍舌蘭自己可以記憶得來，可是它不能說給別人知道。

　　我的生活好像我手裡這管笛子。它在竹林裡長著的時候，許多好鳥歌唱給它聽；許多猛獸長嘯給它聽；甚至天中的風雨雷電都不時教給它發音的方法。

　　它長大了，一切教師所教的都納入它的記憶裡。然而它身中仍是空空洞洞，沒有什麼。

　　做樂器者把它截下來，開幾個氣孔，擱在唇邊一吹，它從前學的都吐露出來了。

公理戰勝

那晚上要舉行戰勝紀念第一次的典禮，不曾嘗過戰苦的人們爭著要嘗一嘗戰後的甘味。式場前頭的人，未到七點鐘，早就擠滿了。

那邊一個聲音說：「你也來了！你可是為慶賀公理戰勝來的？」這邊隨著回答道：「我只來瞧熱鬧，管他公理戰勝不戰勝。」

在我耳邊恍惚有一個說話帶鄉下土腔的說：「一個洋皇上生日倒比什麼都熱鬧！」

我的朋友笑了。

我鄭重地對他說：「你聽這愚拙的話，倒很入理。」

「我也信 —— 若說戰神是洋皇帝的話。」

人聲、樂聲、槍聲，和等等雜響混在一處，幾乎把我們的耳鼓震裂了。我的朋友說：「你看，那邊預備放煙花了，我們過去看看罷。」

我們遠遠站著，看那紅黃藍白諸色火花次第地冒上來。「這真好，這真好！」許多人都是這樣頌揚。但這是不是頌揚公理戰勝？

　　旁邊有一個人說：「你這燦爛的煙花，何嘗不是地獄的火焰？若是真有個地獄，我想其中的火焰也是這般好看。」

　　我的朋友低聲對我說：「對呀，這煙花豈不是從紀念戰死的人而來的？戰死的苦我們沒有嘗到，由戰死而顯出來的地獄火焰我們倒看見了。」

　　我說：「所以我們今晚的來，不是要趁熱鬧，乃是要憑弔那班愚昧可憐的犧牲者。」

　　談論儘管談論，煙花還是一樣地放。我們的聲音常是淪沒在騰沸的人海裡。

面具

　　人面原不如那紙製的面具喲！你看那紅的、黑的、白的、青的、喜笑的、悲哀的、目眥怒得欲裂的面容，無論你怎樣褒獎，怎樣棄嫌，它們一點也不改變。紅的還是紅，白的還是白，目眥欲裂的還是目眥欲裂。

　　人面呢？顏色比那紙製的小玩意兒好而且活動，帶著生氣。可是你褒獎他的時候，他雖是很高興，臉上卻裝出很不願意的樣子；你指摘他的時候，他雖是懊惱，臉上偏要顯出勇於納言的顏色。

　　人面到底是靠不住呀！我們要學面具，但不要戴它，因為面具後頭應當讓它空著才好。

落花生

我們屋後有半畝隙地。母親說：「讓它荒蕪著怪可惜，既然你們那麼愛吃花生，就闢來做花生園罷。」我們幾姐弟和幾個小丫頭都很喜歡 —— 買種的買種，動土的動土，灌園的灌園；過不了幾個月，居然收穫了！

媽媽說：「今晚我們可以做一個收穫節，也請你們爹爹來嚐嚐我們的新花生，如何？」我們都答應了。母親把花生做成好幾樣的食品，還吩咐這節期要在園裡的茅亭舉行。

那晚上的天色不大好，可是爹爹也到來，實在很難得！爹爹說：「你們愛吃花生麼？」

我們都爭著答應：「愛！」

「誰能把花生的好處說出來？」

姐姐說：「花生的氣味很美。」

哥哥說：「花生可以製油。」

我說：「無論何等人都可以用賤價買它來吃；都喜歡吃它。這就是它的好處。」

爹爹說：「花生的用處固然很多；但有一樣是很可貴的。這小小的豆不像那好看的蘋果、桃子、石榴，把它們的果實

懸在枝上，鮮紅嫩綠的顏色，令人一望而發生羨慕的心。它只把果子埋在地底，等到成熟，才容人把它挖出來。你們偶然看見一棵花生瑟縮地長在地上，不能立刻辨出它有沒有果實，非得等到你接觸它才能知道。」

我們都說：「是的。」母親也點點頭。爹爹接下去說：「所以你們要像花生，因為它是有用的，不是偉大、好看的東西。」我說：「那麼，人要做有用的人，不要做偉大、體面的人了。」爹爹說：「這是我對於你們的希望。」

我們談到夜闌才散，所有花生食品雖然沒有了，然而父親的話現在還印在我心版上。

別話

　　素輝病得很重,離她停息的時候不過是十二個時辰了。她丈夫坐在一邊,一手支頤,一手把著病人的手臂,寧靜而懇摯的眼光都注在他妻子的面上。

　　黃昏的微光一分一分地消失,幸而房裡都是白的東西,眼睛不至於失了它們的辨別力。屋裡的靜默,早已布滿了死的氣色;看護婦又不進來,她的腳步聲只在門外輕輕地踱過去,好像告訴屋裡的人說:「生命的步履不望這裡來,離這裡漸次遠了。」

　　強烈的電光忽然從玻璃泡裡的金絲發出來。光的浪把那病人的眼瞼沖開。丈夫見她這樣,就回覆她的希望,懇摯地說:「妳 —— 妳醒過來了!」

　　素輝好像沒聽見這話,眼望著他,只說別的。她說:「噯,珠兒的父親,在這時候,你為什麼不帶她來見見我?」

　　「明天帶她來。」

　　屋裡又沉默了許久。

　　「珠兒的父親哪,因為我身體軟弱、多病的緣故,教你

犧牲許多光陰來看顧我，還阻礙你許多比服事我更要緊的事。我實在對你不起。我的身體實不容我……。」

「不要緊的，服事妳也是我應當做的事。」

她笑。但白的被窩中所顯出來的笑容並不是歡樂的標識。她說：「我很對不住你，因為我不曾為我們生下一個男兒。」

「哪裡的話！女孩子更好，我愛女的。」

淒涼中的喜悅把素輝身中預備要走的魂擁回來。她的精神似乎比前強些，一聽丈夫那麼說，就接著道：「女的本不足愛：你看許多人 —— 連你 —— 為女人惹下多少煩惱！……不過是 —— 人要懂得怎樣愛女人，才能懂得怎樣愛智慧。不會愛或拒絕愛女人的，縱然他沒有煩惱，他是萬靈中最愚蠢的人。珠兒的父親，珠兒的父親哪，你佩服這話麼？」

這時，就是我們 —— 旁邊的人 —— 也不能為珠兒的父親想出一句答辭。

「我離開你以後，切不要因為我，就一輩子過那鰥夫的生活。你必要為我的緣故，依我方才的話愛別的女人。」她說到這裡把那隻幾乎動不得的右手舉起來，向枕邊摸索。

「妳要什麼？我替妳找。」

「戒指。」

別話

　　丈夫把她的手扶下來，輕輕在她枕邊摸出一隻玉戒指來遞給她。

　　「珠兒的父親，這戒指雖不是我們訂婚用的，卻是你給我的；你可以存起來，以後再給珠兒的母親，表明我和她的連屬。除此以外，不要把我的東西給她，恐怕你要當她是我；不要把我們的舊話說給她聽，恐怕她要因你的話就生出差別心，說你愛死的婦人甚於愛生的妻子。」她把戒指輕輕地套在丈夫左手的無名指上。丈夫隨著扶她的手與他的唇邊略一接觸。妻子對於這番厚意，只用微微睜開的眼睛看著他。除掉這樣的回報，她實在不能表現什麼。

　　丈夫說：「我應當為妳做的事，都對妳說過了。我再說一句，無論如何，我永久愛妳。」

　　「咦，再過幾時，你就要把我的屍體扔在荒野中了！雖然我不常住在我的身體內，可是人一離開，再等到什麼時候，在什麼地方才能互通我們戀愛的消息呢？若說我們將要住在天堂的話，我想我也永無再遇見你的日子，因為我們的天堂不一樣。你所要住的，必不是我現在要去的。何況我還不配住在天堂？我雖不信你的神，我可信你所信的真理。縱然真理有能力，也不為我們這小小的緣故就永遠把我們結在一塊。珍重罷，不要愛我於離別之後。」

丈夫既不能說什麼話，屋裡只可讓死的靜寂占有了。樓底下恍惚敲了七下自鳴鐘。他為尊重醫院的規則，就立起來，握著素輝的手說：「我的命，再見罷，七點鐘了。」

　　「你不要走，我還和你談話。」

　　「明天我早一點來，妳累了，歇歇罷。」

　　「你總不聽我的話。」她把眼睛閉了，顯出很不願意的樣子。丈夫無奈，又停住片時，但她實在累了，只管躺著，也沒有什麼話說。

　　丈夫輕輕躡出去。一到樓口，那腳步又退後走，不肯下去。他又躡回來，悄悄到素輝床邊，見她顯著昏睡的形態，枯澀的淚點滴不下來，只掛在眼瞼之間。

愛流汐漲

　　月兒的步履已踏過嵇家的東牆了。孩子在院裡已等了許久，一看見上半弧的光剛射過牆頭，便忙忙跑到屋裡叫道：「爹爹，月兒上來了，出來給我燃香罷。」

　　屋裡坐著一個中年的男子，他的心負了無量的愁悶。外面的月亮雖然還像去年那麼圓滿，那麼光明，可是他對於月亮的情緒就大不如去年了。當孩子進來叫他的時候，他就起來，勉強回答說：「寶璜，今晚上不必拜月，我們到院裡對著月光吃些果品，回頭再出去看看別人的熱鬧。」

　　孩子一聽見要出去看熱鬧，更喜得了不得。他說：「為什麼今晚上不拈香呢？記得從前是媽媽點給我的。」

　　父親沒有回答他。但孩子的話很多，問得父親越發傷心了。他對著孩子不甚說話。只有向月不歇地嘆息。

　　「爹爹今晚上不舒服麼？為何氣喘得那麼厲害？」

　　父親說：「是，我今晚上病了。你不是要出去看熱鬧麼？可以教素雲姐帶你去，我不能去了。」

　　素雲是一個年長的丫頭。主人的心思、性地，她本十分明白，所以家裡無論大小事幾乎是她一人主持。她帶寶璜出

門，到河邊看看船上和岸上各樣的燈色；便中就告訴孩子說：「你爹爹今晚不舒服了，我們得早一點回去才是。」

孩子說：「爹爹白天還好好地，為何晚上就害起病來？」

「唉，你記不得後天是媽媽的百日嗎？」

「什麼是媽媽的百日？」

「媽媽死掉，到後天是一百天的工夫。」

孩子實在不能理會那「一百日」的深密意思，素雲只得說：「夜深了，咱們回家去罷。」

素雲和孩子回來的時候，父親已經躺在床上，見他們回來，就說：「你們回來了。」她跑到床前回答說：「二舍，我們回來了。晚上大哥兒可以和我同睡，我招呼他，好不好？」

父親說：「不必。妳還是睡妳的罷。妳把他安置好，就可以去歇息，這裡沒有什麼事。」

這個七歲的孩子就睡在離父親不遠的一張小床上。外頭的鼓樂聲，和樹梢的月影，把孩子嬲得不能睡覺。在睡眠的時候，父親本有命令，不許說話；所以孩子只得默聽著，不敢發出什麼聲音。

樂聲遠了，在近處的雜響中，最激刺孩子的，就是從父親那裡發出來的啜泣聲。在孩子的思想裡，大人是不會哭

的。所以他很詫異地問：「爹爹，你怕黑麼？大貓要來咬你麼？你哭什麼？」他說著就要起來，因為他也怕大貓。

父親阻止他，說：「爹爹今晚上不舒服，沒有別的事。不許起來。」

「咦，爹爹明明哭了！我每哭的時候，爹爹說我的聲音像河裡水聲漯漯渮渮地響；現在爹爹的聲音也和那個一樣。呀，爹爹，別哭了。爹爹一哭，教寶璜怎能睡覺呢？」

孩子越說越多，弄得父親的心緒更亂。他不能用什麼話來對付孩子，只說：「璜兒，我不是說過，在睡覺時不許說話麼？你再說時，爹爹就不疼你了。好好地睡罷。」

孩子只復說一句：「爹爹要哭，教人怎樣睡得著呢？」以後他就靜默了。

這晚上的催眠歌，就是父親的抽噎聲。不久，孩子也因著這聲就發出微細的鼾息；屋裡只有些雜響伴著父親發出哀音。

無法投遞之郵件

▶ **給誦幼**

不能投遞之原因 —— 地址不明，退發信人寫明再遞。

誦幼，我許久沒見妳了。我近來患失眠症。夢魂呢，又常困在軀殼裡飛不到妳身邊，心急得很。但世間事本無容人著急的餘地，越著急越不能到，我只得聽其自然罷了。妳總不來我這裡，也許妳怪我那天藏起來，沒有出來幫妳忙的緣故。呀，誦幼，若妳因那事怪了我，可就冤枉極了！我在那時，全身已拋在煩惱的海中，自救尚且不暇，何能顧妳？今天接定慧的信，說妳已經被釋放了，我實在歡喜得很！呀，誦幼，此後須要小心和男子相往來。妳們女子常說「男子壞的很多」，這話誠然不錯。但我以為男子的壞，並非他生來就是如此的，是跟女子學來的。誦幼，我說這話，請妳不要怪我。妳的事且不提，我拿文錦的事來說罷。他對於尚素本來是很誠實的，但尚素要將她和文錦的交情變為更親密的交情，故不得不胡亂獻些殷勤。呀，女人的殷勤，就是使男子變壞的砥石喲！我並不是說女子對於男子要很森嚴、冷酷，像懷霄待人一樣；不過說沒有智慧的殷勤是危險的罷了。

我盼望妳今後的景況像湖心的白鵠一樣。

▶ 給貞薆

不能投遞之原因 —— 此人已離廣州。

自走馬營一別,至今未得你的消息。知道你的生活和行腳僧一樣,所以沒有破旅愁的書信給你念。昨天從香處聽見你的近況,且知道你現在住在這裡,不由得我不寫這幾句話給你。

我的朋友,你想北極的冰洋上能夠長出花菖蒲,或開得像尼羅河邊的王蓮來麼?我勸你就回家去罷。放著你清涼而恬淡的生活不享,飄零著找那不知心的「知心人」,為何自找這等刑罰?縱說是你當時得罪了他,要找著他向他謝罪,可是罪過你已認了,那溫潤不撓、如玉一般的情好豈能彌補得毫無瑕疵?

我的朋友,我常想著我曾用過一管筆,有一天無意中把筆尖誤燒了(因為我要學篆書,聽人說燒尖了好寫),就不能再用它。但我很愛那筆,用盡許多法子,也補救不來;就是拿去找筆匠,也不能出什麼主意,只是教我再換過一管罷了。我對於那天天接觸的小寶貝,雖捨不得扔掉,也不能不把它藏在筆囊裡。人情雖不能像這樣換法,然而,我們若在不能換之中,姑且當作能換,也就安慰多了。你有心犧牲你的命運,他卻無意成就你的願望,你又何必!我勸你早一點回去罷,看你年少的容貌或逃鏡影中,在你背後的黑影快要

闖入你的身裡，把你青春一切活潑的風度趕走，把你光豔的軀殼奪去了。

我再三叮嚀你，不知心的「知心人」，縱然找著了，只是加增懊惱，毫無用處的。

▶ 給小巒

不能投遞之原因 —— 此人已入瘋人院。

綠綺湖邊的夜談，是我們所不能忘掉的。但是，小巒，我要告訴妳，迷生絕不能和我一樣，常常惦念著妳，因為他的心多用在那戀愛的遺骸上頭。妳不是教我探究他的意思嗎？我昨天一早到他那裡去，在一件事情上，使我理會他還是一個愛的墳墓的守護者。若是妳願意聽這段故事，我就可以告訴妳。

我一進門時，他垂著頭好像很悲傷的樣子，便問：「迷生，你又想什麼來？」他嘆了一聲才說：「她織給我的領帶壞了！我身邊再也沒有她的遺物了！人丟了，她的東西也要陸續地跟著她走，真是難解！」我說：「是的，太陽也有破壞的日子，何況一件小小東西，你不許它壞，成麼？」

「為什麼不成！若是我不用它，就可以保全它，然而我怎能不用？我一用她給我留下的器用，就借那些東西要和她交通，且要得著無量安慰。」他低垂的視線牽著手裡的舊領

帶，接著說：「唉，現在她的手澤都完了！」

小巒，妳想他這樣還能把妳惦記在心裡麼？妳太輕於自信了。我不是使妳失望，我很了解他，也了解妳；你們固然是親戚，但我要提醒除妳疏淡的友誼外，不要多走一步。因為，凡最終的地方，都是在對岸那很高、很遠、很暗，且不能用平常的舟車達到的。妳和迷生的事，據我現在的觀察，縱使蜘蛛的絲能夠織成帆，蜣螂的甲能夠裝成船，也不能渡妳過第一步要過的心意的脈洋。妳不要再發痴了，還是回向蓮臺，拜妳那低頭不語的偶像好。妳常說我給麻醉劑妳服，不錯的！若是我給一毫一厘的興奮劑妳服，恐怕妳要起不來了。

▶ **答勞雲**

不能投遞的原因 —— 勞雲已投金光明寺，在嶺上，不能遞。

中夜起來，月還在座，渴鼠躡上桌子偷我筆洗裡的墨水喝，我一下床牠就嚇跑了。牠驚醒我，我嚇跑牠，也是公道的事情。到窗邊坐下，且不點燈，回想去年此夜，我們正在了因的園裡共談，你說我們在萬本芭蕉底下直像草根底下鬥鳴的小蟲。唉，今夜那園裡的小蟲必還在草根底下叫著，然而我們呢？本要獨自出去一走，爭奈院裡鬼影歷亂，又沒有侶伴，只得作罷了。睡不著，偏想茶喝，到後房去，見我的

小丫頭被憒睡鎖得很牢固，不好解放她，喝茶的念頭，也得作罷了。回到窗邊坐下，摩摩窗檻，無意摩著你前月的信，就仗著月燈再念了一遍。可幸你的字比我寫得還要粗大，念時尚不費勁。在這時候，只好給你寫這封回信。

勞雲，我對了因所說，哪得天下荒山，重疊圍合，做個大監牢 —— 野獸當邏卒，古樹作柵欄，煙雲擬桎梏，薜蘿為索鏈 —— 閒散地囚禁你這流動人愁懷的詩犯？不想你真要自首去了！去也好，但我只怕你一去到那裡便成詩境，不是詩牢了。

你問我為什麼叫你做詩犯，我自己也不知其所以然。我覺得你的詩雖然很好，可是你心裡所有的和手裡寫出來的總不能適合；不如把筆摔掉，到那只許你心兒領會的詩牢去更妙。遍世間盡是詩境，所以詩人易做。詩人無論遇著什麼，總不肯睜嘿著，非發出些愁苦的詩不可，真是難解。譬如今夜夜色，若你在時，必要把院裡所有的調戲一番，非教它們都哭了，你不甘心。這便是你的過犯了。所以我要叫你做詩犯，很盼望你做個詩犯。

一手按著手電燈，一手寫字，很容易乏，不寫了。今夜起來，本不是為給你寫回信，然而在不知不覺中，就誤了我半小時，不能和我那個「月」默談。這又是你的罪過！

院裡的蟲聲直如鬼哭，聽得我毛髮盡竦。還是埋頭枕底，讓那隻小鼠暢飲一場罷。

▶ 給琰光

不能投遞之原因 —— 琰光南歸就婚，囑所有男女來書均退回。

妳在我心中始終是一個生面人，彼此間再也不能有什麼微妙深沉的認識了。這也是難怪的。白孔雀和白熊雖是一樣清白，而性情的冷暖各不相同，故所住的地方也不相同。我看出來了！妳是白熊，只宜徘徊於古冰崢嶸的岩壑間，當然不能與我這白孔雀一同飛翔於縹藤縷縷、繁花樹樹的森林裡。可惜我從前對妳所有意緒，到今日落得寸斷毫分，流離到蹤跡都無。我終恨我不是創作者呀！怎麼連這剎那等速的情愛時間也做不來？

我熱極了，躺在病床上，只是同冰作伴。妳的情愫也和冰一樣，我愈熱，妳愈融，結果只使我戴著一頭冷水。就是在手中的，也消融盡了。人間第一痛苦就是無情的人偏會裝出多情的模樣，有情的倒是緘口束手，無所表示！啟芳說我是泛愛者，勞生說我是兼愛者，但我自己卻以為我是困愛者。我實對妳說，我自己實不敢作，也不能作愛戀業，為困於愛，故鎮日顛倒於這甜苦的重圍中，不能自行救度。愛的沉淪是一切救主所不能救的。愛的迷濛是一切「天人師」所不能訓誨開示的。愛的剛愎是一切「調御丈夫」所不能降伏的。

病中總希望妳來看看我，不想妳影兒不露，連信也不來！似游絲的情緒只得因著記憶的風掛搭在西園西籬，晚霞現處。那裡站著我兒時曾愛、現在猶愛的邕。她是我這一生第一個女伴，二十四年的別離，我已成年，而心像中的邕還是兩股小辮垂在綠衫兒上。畢竟是別離好呵！別離的人總不會老的，妳不來也就罷了，因為我更喜歡在舊夢中尋找妳。

　　妳去年對我說那句話，這四百日中，我未嘗忘掉要給妳一個解答。妳說愛是妳的，妳要予便予，要奪便奪。又說要得妳的愛須付代價，咦，妳老脫不掉女人的驕傲！無論是誰，都不能有自己的愛。妳未生以前，愛戀早已存在，不過妳偷了些少來眩惑人罷了。妳到底是個愛的小竊；同時是個愛的典質者。妳何嘗花了一絲一忽的財寶，或費了一言一動的勞力去索取愛戀，妳就想便宜得來，高貴地售出？人間第二痛苦就是出無等的代價去買不用勞力得來的愛戀。我實在告訴妳，要代價的愛情，我買不起。

　　焦把紙筆拿到床邊，迫著我寫信給妳，不得已才寫了這一套話。我心裡告訴我說，從誠實心表見出來的言語，永不致於得罪人，所以我想上頭所說的不會動妳的怒。

▶ 給憬然三姑

不能投遞之原因 —— 本宅並無「三姑」稱謂。

我來找妳，並不是不知道妳已嫁了，怎麼妳總不敢出來和我敘敘舊話？我一定要認識妳的「天」以後才可以見妳麼？三千里的海山，十二年的隔絕，此間：每年、每月、每個時辰、每一念中都盼著要再會妳。一踏入妳的大門，我心便擺得如鞦韆一般，幾乎把心房上的大脈震斷了。誰知坐了半天，妳總不出來！好容易見妳出來，客氣話說了，又坐我背後。那時許多人要與我談話，我怎好意思回過臉去向著妳？

合巹酒是女人的懵兜湯，一喝便把兒女舊事都忘了；所以妳一見了我，只似曾相識，似不相識，似怕人知道我們曾相識，兩意三心，把舊時的好話都撇在一邊。

那一年的深秋，我們同在昌華小榭賞殘荷。我的手誤觸在竹欄邊的仙人掌上，竟至流血不止。妳從妳的鏡囊取出些粉紙，又拔兩根妳香柔而黑甜的頭髮，為我裹纏傷處。妳記得那時所說的話麼？妳說：「這頭髮雖然不如弦的韌，用來纏傷，足能使得，就是用來繫愛人的愛也未必不能勝任。」妳含羞說出的話真果把我心繫住，可是妳的記憶早與我的傷痕一同喪失了。

又是一年的秋天，我們同在屋頂放一隻心形紙鳶。妳扶著我的肩膀看我把線放盡了。紙鳶騰得很高，因為風力過大，扯得線兒欲斷不斷。妳記得妳那時所說的話麼？妳說：「這也不是『紅線』，容它斷了罷。」我說：「妳想我捨得把我偷閒做成的『心』放棄掉麼？縱然沒有紅線，也不能容它流落。」妳說：「放掉假心，還有真心呢。」妳從我手裡把白線奪過去，一撒手，紙鳶便翻了無數的筋斗，帶著墮線飛去，掛在皇覺寺塔頂。那破心的纖維也許還存在塔上，可是妳的記憶早與當時的風一樣地不能追尋了。

　　有一次，我們在流花橋上聽鵙鴣，妳的白襪子給道傍的曼陀羅花汁染汙了。我要妳脫下來，讓我替妳洗淨。妳記得當時妳說什麼來？妳說：「你不怕人笑話麼，—— 豈有男子給女子洗襪子的道理？你忘了我方才用梔子花蒂在你掌上寫了我的名字麼？一到水裡，可不把我的名字從你手心洗掉，你怎捨得？」唉，現在妳的記憶也和寫在我掌上的名字一同消滅了！

　　真是！合巹酒是女人的懺兜湯，一喝便把兒女舊事都忘了。但一切往事在我心中都如殘機的線，線線都相連著，一時還不能斷盡。我知道妳現在很快活，因為有了許多子女在妳膝下。我一想起妳，也是和妳對著兒女時一樣地喜歡。

▶ 給爽君夫婦

不能投遞之原因 ── 爽君逃了，不知去向。

你的問題，實在是時代問題，我不是先知，也不能決定說出其中的祕奧。但我可以把幾位朋友所說的話介紹給你知道，你定然要很樂意地念一念。

我有一位朋友說：「要雙方發生誤解，才有愛情。」他的意思以為相互的誤解是愛情的基礎。若有一方面了解，一方面誤解，愛也無從懸掛的。若兩方面都互相了解，只能發生更好的友誼罷了。愛情的發生，因為我不知道你是怎麼一回事，你不知道我是怎麼一回事。若彼此都知道很透澈，那時便是愛情的老死期到了。

又有一位朋友說：「愛情是彼此的幫助：凡事不顧自己，只顧人。」這句話，據我看來，未免廣泛一點。我想你也知道其中不盡然的地方。

又有一位朋友說：「能夠把自己的人格忘了，去求兩方更高的共同人格便是愛情。」他以為愛情是無我相的，有「我」的執著不能愛，所以要把人格丟掉；然而人格在人間生活的期間內是不能拋棄的，為這緣故，就不能不再找一個比自己人格更高尚的東西。他說這要找的便是共同人格。兩方因為再找一個共同人格，在某一點上相遇了，便連合起來成

為愛情。

此外有許多陳腐而很新鮮的論調我也不多說了。總之，愛情是非常神祕，而且是一個人一樣的。近時的作家每要誇炫說：「我是不寫愛情小說，不做愛情詩的。」介紹一個作家，也要說：「他是不寫愛情的文藝的。」我想這就是我們不能了解愛情本體的原因。愛情就是生活，若是一個作家不會描寫，或不敢描寫，他便不配寫其餘的文藝。

我自信我是有情人，雖不能知道愛情的神祕，卻願多多地描寫愛情生活。我立願盡此生，能寫一篇愛情生活，便寫一篇；能寫十篇，便寫十篇；能寫百、千、億、萬篇，便寫百、千、億、萬篇。立這志願，為的是安慰一般互相誤解、不明白的人。你能不罵我是愛情牢獄的廣告人麼？

這信寫來答覆爽君。亦雄也可同念。

▶ 覆誦幼

不能投遞之原因 —— 該處並無此人。

「是神造宇宙、造人間、造人、造愛；還是愛造人、造人間、造宇宙、造神？」這實與「是男生女，是女生男」的舊謎一般難決。我總想著人能造的少，而能破的多。同時，這一方面是造，那一方面便是破。世間本沒有「無限」。妳破璞來造妳的玉簪，破貝來造妳的珠餌，破木為梁，破石為

牆，破蠶、棉、麻、麥、牛、羊、魚、鱉的生活來造妳的日用飲食，乃至破五金來造貨幣、槍彈，以殘害同類、異種的生命。這都是破造雙成的。要生活就得破。就是妳現在的「室家之樂」也從破得來。妳破人家親子之愛來造成的配偶，又何嘗不是破？破是不壞的，不過現代的人還找不出破壞量少而建造量多的一個好方法罷了。

　　妳問我和她的情誼破了不，我要誠實地回答妳說：誠然，我們的情誼已經碎為流塵，再也不能復原了；但在清夜中，舊誼的鬼靈曾一度躍到我記憶的倉庫裡，悄悄把我伐情的斧 —— 怨恨 —— 拿走。我揭開被褥起來，待要追它，它已乘著我眼中的毛輪飛去了。這不易尋覓的鬼靈只留它的蹤跡在我書架上。原來那是伊人的文件！我伸伸腰，揉著眼，取下來念了又念，伊人的冷面複次顯現了。舊的情誼又從字裡行間復活起來。相怨後的復和，總解不通從前是怎麼一回事，也訴不出其中的甘苦。心面上的青紫唯有用淚洗濯而已。有澀淚可流的人還算不得是悲哀者。所以我還能把壁上的琵琶抱下來彈彈，一破清夜的岑寂。妳想我對著這歸來的舊好必要彈些高興的調子。可是我那夜彈來彈去只是一闋《長相憶》，總彈不出《好事》！這奈何，奈何？我理會從記憶的墳裡復現的舊誼，多年總有些分別。但玉在她的信裡附著幾句短詞嘲我說：

噫，說到相怨總是表面事，
心裡的好人兒仍是舊相識。
是愛是憎本容不得你做主，
你到底是個愛戀的奴隸！

　　她所嘲於我的未免太過。然而那夜的境遇實是我破從前一切情愫所建造的。此後，縱然表面上極淡的交誼也沒有，而我們心心的理會仍可以來去自如。

　　妳說愛是神所造，勸我不要拒絕，我本沒有拒絕，然而憎也是神所造，我又怎能不承納呢？我心本如香水海，只任輕浮的慈惠船載著喜愛的花果在上面遊蕩。至於滿載痴石噴火的簰筏，終要因它的危險和沉重而消沒淨盡，焚燬淨盡。愛憎既不由我自主，那破造更無消說了。因破而造，因造而破，緣因更迭，妳哪能說這是好，那是壞？至於我的心跡連我自己也不知道，妳又怎能名其奧妙？人到無求，心自清寧，那時既無所造作，亦無所破壞。我只覺我心還有多少慾念除不掉，自當勇敢地破滅它至於無餘。

　　妳，女人，不要和我講哲學，我不懂哲學。我勸妳也不要希望妳腦中有百「論」、千「說」、億萬「主義」，那由他「派別」，辯來論去，逃不出雞子方圓的爭執。縱使妳能證出雞子是方的，又將如何？妳還是給我講講音樂好。近來造了

一闋《暖雲烘寒月》琵琶譜，順抄一份寄給妳。這也是破了許多工夫造得來的。

▶ 覆真齡

不能投遞之原因 —— 真齡去國，未留住址。

自與那人相怨後，更覺此生不樂。不過舊時的愛好，如潔白的寒鷺，三兩時間飛來歇在我心中泥濘的枯塘之岸，有時漫涉到將乾未乾的水中央，還能使那寂靜的平面隨著她的步履起些微波。

唉，愛姐姐和病弟弟總是孿生的呵！我已經百夜沒睡了。我常說，我的愛如香冽的酒，已經被人飲盡了，我哀傷的金罍裡只剩些殘冰的融液，既不能醉人，又足以凍我齒牙。妳試想，一個百夜不眠的人，若渴到極地，就禁得冷飲麼？

「為愛戀而去的人終要循著心境的愛跡歸來」，我老是這樣地顛倒夢想。但兩人之中，誰是為愛戀先走開的？我說那人，那人說我。誰也不肯循著誰的愛跡歸來。這委是一件胡盧事！玉為這事也和妳一樣寫信來呵責我，她真和她眼中的瞳子一樣，不用鏡子就映不著自己。所以我給她寄一面小鏡去。她說「女人總是要人愛的」，難道男子就不是要人愛的？她當初和球一自相怨後，也是一樣蒙起各人的面具，

相逢直如不識。他們兩個復和，還是我的工夫，我且寫給妳看。

　　那天，我知道球要到帝室之林去賞秋葉，就慫恿她與我同去。我遠地看見球從溪邊走來，藉故撇開她，留她在一棵楓樹底下坐著，自己藏在一邊靜觀。人在落葉上走是祕不得的。球的足音，諒她聽得著。球走近樹邊二丈相離的地方也就不往前進了。他也在一根橫臥的樹根上坐下，拾起枯枝只顧揮撥地上的敗葉。她偷偷地看球，不做聲，也不到那邊去。球的雙眼有時也從假意低著的頭斜斜地望她。他一望，玉又假做看別的了。誰也不願意表明誰看著誰來。你知道這是很平常的事。由愛至怨，由怨至於假不相識，由假不相識也許能回到原來的有情境地。我見如此，故意走回來，向她說：「球在那邊哪！」她回答：「看見了。」你想這話若多兩個字「欽此」，豈不成這娘娘的懿旨？我又大聲嚷球。他的回答也是一樣地莊嚴，幾乎帶上「欽此」二字。我跑去把球揪來，對他們說：「你們彼此相對道道歉，如何？」到底是男子容易勸。球到她跟前說：「我也不知道怎樣得罪妳。他迫著我向妳道歉，我就向妳道歉罷。」她望著球，心裡愉悅之情早破了她的雙頰衝出來。她說：「人為什麼不能自主到這步田地？連道個歉也要朋友迫著來。」好了，他們重新說起話來了！

　　她是要男子愛的，所以我能給她辦這事。我是要女人愛的，故毋需去瞅睬那人，我在情誼的道上非常誠實，也沒有變動，是人先離開的。誰離開，誰得循著自己心境的愛跡歸來。我哪能長出千萬翅膀飛入蒼茫裡去找她？再者，他們是醉於愛的人，故能一說再合。我又無愛可醉，犯不著去討當頭一棒的冷話。您想是不是？

▶ 給懷霄

不能投遞之原因 —— 此信遺在道旁，由陳齋夫拾回。

　　好幾次寫信給妳都從火爐裡捎去。我希望當妳看見從我信籤上出來那幾縷煙在空中飄揚的時候，我的意見也能同時印入妳的網膜。

　　懷霄，我不願意寫信給妳的緣故，因為妳只當我是有情的人，不當我是有趣的人。我常對人說，妳是可愛的，不過妳遊戲天地的心比什麼都強，人還夠不上愛妳。朋友們都說我愛妳，連妳也是這樣想，真是怪事！妳想男女得先定其必能相愛，然後互相往來麼？好人甚多，怎能個個愛戀他？不過這樣的成見不止妳有，我很可以原諒妳。我的朋友，在愛的田園中，當然免不了三風四雨。從來沒有不變化的天氣能教一切花果開得斑斕，結得磊砢的。妳連種子還沒下，就想得著果實，便是辦不到的。我告訴妳，真能下雨的雲是一聲

也不響的。不掉點兒的密雲，雷電反發射得彌滿天地。所以人家的話，不一定就是事實，請妳放心。

男子願意做女人的好伴侶、好朋友，可不願意當她們的奴才，供她們使令。他願意幫助她們，可不喜歡奉承諂媚她們，男子就是男子，媚是女人的事。妳若把「女王」、「女神」的尊號暫時收在鏡囊裡，一定要得著許多能幫助妳的朋友。我知道妳的性地很冷酷，妳不但不願意得幾位新的好友，或極疏淡的學問之交，連舊的妳也要一個一個棄絕掉。嫁了的女朋友，和做了官的男相識，都是不念舊好的。與他們見面時，常竟如路人。妳還未嫁，還未做官，不該施行那樣的事情。我不是呵責妳，也不是生氣，—— 就使妳侮辱我到極點，我也不生氣。我不過盡我的情勸告妳罷了。說到勸告，也是不得已的。這封信也是在萬不得已的境遇底下寫的。寫完了，我還是盼望妳收不到。

▶ 覆少覺

不能投遞之原因 —— 受信人地址為墨所汙，無法投遞。

同年的老弟：我知道懷書多病，故月來未嘗發信問候，恐惹起她的悲怨。她自說：「我有心事萬縷，總不願寫出、說出；到無可奈何時節，只得由它化作血絲飄出來。」所以她也不寫信告訴我她到底是害什麼病。我想她現時正躺在病

榻上呢。

　　唉，懷書的病是難以治好的。一個人最怕有「理想」。理想不但能使人病，且能使人放棄他的性命。她甚至抱著理想的理想，怎能不每日病透二十四小時？她常對我說：「有而不完全，寧可不有。」你想「完全」真能在人間找得出來的麼？就是遍遊億萬塵沙世界，經過莊嚴劫、賢劫、星宿劫，也找不著呀！不完全的世界怎能有完全的人？她自己也不完全，怎配想得一個完全的男子？縱使世間真有一個完全的男子，與她理想的理想一樣，那男子對她未必就能起敬愛。罷了！這又是一種渴鹿趨陽焰的事，即令牠有千萬蹄，每蹄各具千萬翅膀，飛跑到曠野盡處，也不能得點滴的水；何況她還盼望得到綠洲做她的憩息飲食處？朋友們說她是「愚拙的聰明人」，誠然！她真是一個萬事伶俐、一時懵懂的女人。她總沒想到「完全」是由妖魔畫空而成，本來無東西，何能捉得住？多才、多藝、多色、多意想的人最容易犯理想病。因為有了這些，魔便乘隙於她心中畫等等極樂，飾等等莊嚴，造等等偶像；使她這本來辛苦的身心更受造作安樂的刑罰。這刑罰，除了世人以為愚拙的人以外，誰也不能免掉。如果她知道這是魔的詭計，她就汹近解脫的岸邊了。「理想」和毒花一樣，眼看是美，卻拿不得。三家村女也知道開美麗的花的多是毒草，總不敢取來做肴饌，可見真正聰明人還數

116

不到她。自求辛螫的人除用自己的淚來調反省的藥餌以外，再沒有別樣靈方。醫生說她外表似冷，內裡卻中了很深的繁花毒。由毒生熱惱，惱極成勞，故嘔心有血。我早知她的病源在此，只恨沒有神變威力，幻作大白香象，到阿耨達池去，吸取些清涼水來與她灌頂，使她表裡俱冷。雖然如此，我還盡力向她勸說，希望她自己能調伏她理想的熱毒。我寫到這裡，接朋友的信說她病得很凶，我得趕緊去看看她。

無法投遞之郵件（續）

▶ 給憐生

　　偶出郊外，小憩野店，見綠榕葉上糝滿了黃塵。樹根上坐著一個人，在那裡呻吟著。裊說大概又是常見的那叫化子在那裡演著動人同情或惹人憎惡的營生法術罷。我喝過一兩杯茶，那淒楚的聲音也和點心一齊送到我面前，不由得走到樹下，想送給那人一些吃的用的。我到他跟前，一看見他的臉，卻使我失驚。憐生，你說他是誰？我認得他，你也認得他。他就是汕市那個頂會彈三弦的殷師。你記得他一家七八口就靠著他那十個指頭按彈出的聲音來養活的。現在他對我說他的一隻手已留在那被賊格殺的城市裡。他的家也教毒火與惡意毀滅了。他見人只會嚷：「手——手——手！」再也唱不出什麼好聽的歌曲來。他說：「求乞也求不出一隻能彈的手，白活著是無意味的。」我安慰他說：「這是賊人行凶的一個實據，殘廢也有殘廢生活的辦法，樂觀些罷。」他說：「假使賊人切掉他一雙腳，也比去掉他一個指頭強。有完全的手，還可以營謀沒慚愧的生活。」我用了許多話來鼓勵他，最後對他說：「一息尚存，機會未失。獨臂擎天，事在人為。

把你的遭遇唱出來，沒有一隻手，更能感動人，使人人的手舉起來，為你驅逐醜賊。」他沉吟了許久，才點了頭。我隨即扶他起來。他的臉黃瘦得可怕，除掉心情的憤怒和哀傷以外，肉體上的飢餓、疲乏和感冒，都聚在他身上。

我們同坐著小車，輪轉得雖然不快，塵土卻隨著車後捲起一陣陣的黑旋風。頭上一架銀色飛機掠過去。殷師對於飛機已養成一種自然的反射作用，一聽見聲音就蜷伏著。裊說那是自己的，他才安心。回到城裡，看見報上說，方才那機是專載烤火雞到首都去給夫人小姐們送新年禮的。好貴重的禮物！它們是越過滿布殘肢屍體的戰場、敗瓦頹垣的村鎮，才能安然地放置在粉香脂膩的貴女和她們的客人面前。希望那些烤紅的火雞，會將所經歷的光景告訴她們。希望它們說：我們的人民，也一樣地給賊人烤著吃咧！

▶ 答寒光

你說你佩服近來流行的口號：革命是不擇手段的。我可不敢贊同。革命是為民族謀現在與將來的福利的偉大事業，不像潑一盆髒水那麼簡單。我們要顧到民族生存的根本條件，除掉經濟生活以外，還要顧到文化生活。縱然你說在革命的過程中文化生活是不重要的，因為革命便是要為民族製造一個新而前進的文化，你也得做得合理一點，經濟一點。

革命本來就是達到革新目的的手段。要達到目的地，本來沒限定一條路給我們走。但是有些是崎嶇路，有些是平坦途，有些是捷徑，有些是遠道。你在這些路程上，當要有所選擇。如你不擇道路，你就是一個最笨的革命家。因為你為選擇了那條崎嶇又復遼遠的道路，你豈不是白糟蹋了許多精力、時間與物力？領導革命從事革命的人，應當擇定手段。他要執持信義、廉恥、振奮、公正等等精神的武器，踏在共利互益的道路上，才能有光明的前途。要知道不問手段去革命，只那手段有時便可成為前途最大的障礙。何況反革命者也可以不問手段地摧殘你的工作？所以革命要擇優越的、堅強的與合理的手段；不擇手段的革命是作亂，不是造福。你贊同我的意思罷！寫到此處，忽覺冷氣襲人，於是急開窗戶，移座近火，也算衛生上所擇的手段罷，一笑。

雍來信說她面貌醜陋，不敢登場。我已回信給她說，戲臺上的人物不見得都美，也許都比她醜。只要下場時留得本來面目，上場顯得自己性格，塗朱畫墨，有何妨礙？

▶ 給華妙

瑰容她的兒子加入某種祕密工作。孩子也幹得很有勁。他看不起那些不與他一同工作的人們，說他們是活著等死。不到幾個月，祕密機關被日人發現，因而打死了幾個小同

志。他幸而沒被逮去，可是工作是不能再進行了，不得已逃到別處去。他已不再幹那事，論理就該好好地求些有用的知識，可是他野慣了，一點也感覺不到知識的需要。他不理會他們的祕密的失敗是由組織與聯絡不嚴密和缺乏知識，他常常舉出他的母親為例，說受了教育只會教人越發頹廢，越發不振作，你說可憐不可憐！

瑰呢？整天要錢。不要錢，就是跳舞；不跳舞，就是……，總而言之，據她的行為看來，也真不像是鼓勵兒子去做救國工作的母親。她的動機是什麼，可很難捉摸。不過我知道她的兒子當對她的行為表示不滿意。她也不喜歡他在家裡，尤其是有客人來找她的時候。

前天我去找她，客廳裡已有幾個歐洲朋友在暢談著。這樣的盛會，在她家裡是天天有的。她在群客當中，打扮得像那樣的女人。在談笑間，常理會她那抽菸、聳肩、瞟眼的姿態，沒一樣不是表現她的可鄙。她偶然離開屋裡，我就聽見一位外賓低聲對著他的同伴說：「她很美，並且充滿了性的引誘。」另一位說：「她對外賓老是這樣的美利堅化。……受歐美教育的中國婦女，多是擅於表歐美的情的，甚至身居重要地位的貴婦也是如此。」我是裝著看雜誌，沒聽見他們的對話，但心裡已為中國文化掉了許多淚。華妙，我不是反對女子受西洋教育，我反對一切受西洋教育的男女忘記了自

　　己是什麼樣人，自己有什麼文化。大人先生們整天在講什麼「勤儉」、「樸素」、「新生活」、「舊道德」，但是節節失敗在自己的家庭裡頭，一想起來，除掉血，還有什麼可嘔的？

海世間

　　我們的人間只有在想像或淡夢中能夠實現罷了。一離了人造的海上社會，心裡便想到此後我們要脫離等等社會律的桎梏，來享受那樂行憂違的潛龍生活；誰知道一上船，那人造人間所存的受、想、行、識，都跟著我們入了這自然的海洋！這些東西，比我們的行李還多，把這一萬二千噸的小船壓得兩邊搖盪。同行的人也知道船載得過重，要想一個好方法，教它的負擔減輕一點；但誰能有出眾的慧思呢？想來想去，只有吐些出來，此外更無何等妙計。

　　這方法雖是很平常，然而船卻輕省得多了。這船原是要到新世界去的喲，可是新世界未必就是自然的人間。在水程中，雖然把衣服脫掉了，跳入海裡去學大魚的游泳，也未必是自然。要是閉眼悶坐著，還可以有一點勉強的自在。

　　船離陸地遠了，一切遠山疏樹盡化行雲。割不斷的輕煙，縷縷絲絲從煙筒裡舒放出來，慢慢地往後延展。故國裡，想是有人把這煙揪住罷。不然就是我們之中有些人的離情凝結了，乘著輕煙家去。

　　呀！他的魂也隨著輕煙飛去了！輕煙載不起他，把他摔

下來。墮落的人連浪花也要欺負他，將那如彈的水珠一顆顆射在他身上。他幾度隨著波濤浮沉，氣力有點不足，眼看要沉沒了，幸而得文鰩的哀憐，展開了帆鰭搭救他。

文鰩說：「你這人太笨了，熱火燃盡的冷灰，豈能載得你這焰紅的情懷？我知道你們船中定有許多多情的人兒，動了鄉思。我們一隊隊跟船走又飛又泳，指望能為你們服勞，不料你們反拍著掌笑我們，驅逐我們。」

他說：「你的話我們怎能懂得呢？人造的人間的人，只能懂得人造的語言罷了。」

文鰩搖著牠口邊那兩根短鬚，裝作很老成的樣子，說：「是誰給你分別的，什麼叫人造人間，什麼叫自然人間？只有你心裡妄生差別便了。我們只有海世間和陸世間的分別，陸世間想你是經歷慣的；至於海世間，你只能從想像中理會一點。你們想海裡也有女神，五官六感都和你們一樣，戴的什麼珊瑚、珠貝，披的什麼鮫紗、昆布。其實這些東西，在我們這裡並非稀奇難得的寶貝。而且一說人的形態便不是神了。我們沒有什麼神，只有這蔚藍的鹽水是我們生命的根源。可是我們生命所從出的水，於你們反有害處。海水能奪去你們的生命。若說海裡有神，你應當崇拜水，毋需再造其他的偶像。」

他聽得呆了，雙手扶著文鰩的帆鰭，請求牠領他到海世間去。文鰩笑了，說：「我明說水中你是生活不得的，你不怕丟了你的生命麼？」

　　他說：「下去一分時間，想是無妨的。我常想著海神的清潔、溫柔、嫻雅等等美德；又想著海底的花園有許多我不曾見過的生物和景色，恨不得有人領我下去一遊。」

　　文鰩說：「沒有什麼，沒有什麼，不過是鹹而冷的水罷了；海的美麗就是這麼簡單 —— 冷而鹹。你一眼就可以望見了。何必我領你呢？凡美麗的事物，都是這麼簡單的。你要求它多麼繁複、熱烈，那就不對了。海世間的生活，你是受不慣的，不如送你回船上去罷。」

　　那魚一振鰭，早離了波阜，飛到舷邊。他還捨不得回到這真是人造的陸世界來，眼巴巴只悵望著天涯，不信海就是方才所聽情況。從他想像裡，試要構造些海底世界的光景。他的海中景物真個實現在他夢想中了。

海角的孤星

一走近舷邊看浪花怒放的時候，便想起我有一個朋友曾從這樣的花叢中隱藏他的形骸。這個印象，就是到世界的末日，我也忘不掉。

這樁事情離現在已經十年了。然而他在我的記憶裡卻不像那麼久遠。他是和我一同出海的。新婚的妻子和他同行，他很窮，自己買不起頭等艙位。但因新人不慣行旅的緣故，他樂意把平生的蓄積盡量地傾瀉出來，為他妻子訂了一間頭等艙。他在那頭等船票的傭人格上填了自己的名字，為的要省些資財。

他在船上哪裡像個新郎，簡直是妻的奴隸！旁人的議論，他總是不理會的。他沒有什麼朋友，也不願意在船上認識什麼朋友，因為他覺得同舟中只有一個人配和他說話。這冷僻的情形，凡是帶著妻子出門的人都是如此，何況他是個新婚者？

船向著赤道走，他們的熱愛，也隨著增長了。東方人的戀愛本帶著幾分爆發性，縱然遇著冷氣，也不容易收縮。他們要去的地方是檳榔嶼附近一個新闢的小埠。下了海船，改

126

乘小舟進去。小河邊滿是椰子、棕棗和樹膠林。輕舟載著一對新人在這神祕的綠蔭底下經過，赤道下的陽光又送了他們許多熱情、熱覺、熱血汗。他們更覺得身外無人。

他對新人說：「這樣深茂的林中，正合我們幸運的居處。我願意和妳永遠住在這裡。」

新人說：「這綠得不見天日的林中，只作浪人的墳墓罷了……」

他趕快截住說：「妳老是要說不吉利的話！然而在新婚期間，所有不吉利的語言都要變成吉利的。妳沒念過書，哪裡知道這林中的樹木所代表的意思。書裡說『椳子是得子息的徽識樹』，因為椳子就是『迓子』。棕棗是表明愛與和平。樹膠要把我們的身體黏得非常牢固，至於分不開。妳看我們在這林中，好像雙星懸在鴻蒙的穹蒼下一般。雙星有時被雷電嚇得躲藏起來，而我們常要聞見許多歌禽的妙音和無量野花的香味。算來我們比雙星還快活多了。」

新人笑說：「你們念書人的能幹只會在女人面前搬唇弄舌罷。好聽極了！聽你的話語，也可以不用那發妙音的鳥兒了。有了別的聲音，倒嫌噪雜咧！……可是，我的人哪，設使我一旦死掉，你要怎辦呢？」

這一問，真個是平地起雷咧！但不曉得新婚的人何以常

要發出這樣的問。不錯的，死的恐怖，本是和快樂的願望一齊來的呀。他的眉不由得不皺起來了，酸楚的心卻擁出一副笑臉，說：「那麼，我也可以做個孤星。」

「咦，恐怕孤不了罷。」

「那麼，我隨著妳去，如何？」他不忍看著他的新人，掉頭出去向著流水，兩行熱淚滴下來，正和船頭激成的水珠結合起來。新人見他如此，自然要後悔，但也不能對她丈夫懺悔，因為這種悲哀的黴菌，眾生都曾由母親的胎裡傳染下來，誰也沒法醫治的。她只能說：「得啦，又傷心什麼？你不是說我們在這時間裡，凡有不吉利的話語，都是吉利的麼？你何不當作一種吉利話聽？」她笑著，舉起丈夫的手，用他的袖口，幫助他擦眼淚。

他急得把妻子的手摔開說：「我自己會擦。我的悲哀不是妳所能擦，更不是妳用我的手所能滅掉的，妳容我哭一會罷。我自己知道很窮，將要養不起妳，所以妳……」

妻子忙殺了，急掩著他的口，說：「你又來了。誰有這樣的心思？你要哭，哭你的，不許再往下說了。」

這對相對無言的新夫婦，在沉默中隨著流水灣行，一直駛入林蔭深處。自然他們此後定要享受些安泰的生活。然而在那郵件難通的林中，我們何從知道他們的光景？

三年的工夫，一點消息也沒有！我以為他們已在林中做了人外的人，也就漸漸把他們忘了。這時，我的旅期已到，買舟從檳榔嶼回來。在二等艙上，我遇見一位很熟的旅客。我左右思量，總想不起他的名姓，幸而他還認識我，他一見我便叫我說：「落君，我又和你同船回國了！你還記得我嗎？我想我病得這樣難看，你絕不能想起我是誰。」他說我想不起，我倒想起來了。

　　我很驚訝，因為他實在是病得很厲害了。我看見他妻子不在身邊，只有一個咿啞學舌的小嬰孩躺在床上。不用問，也可斷定那是他的子息。

　　他倒把別來的情形給我說了。他說：「自從我們到那裡，她就病起來。第二年，她生下這個女孩，就病得更厲害了。唉，幸運只許你空想的！你看她沒有和我一同回來，就知道我現在確是成為孤星了。」

　　我看他憔悴的病容，委實不敢往下動問，但他好像很有精神，願意把一切的情節都說給我聽似的。他說話時，小孩子老不容他暢快地說。沒有母親的孩子，特別愛哭，他又不得不撫慰她。因此，我也不願意擾他，只說：「另日你精神清爽的時候，我再來和你談罷。」我說完，就走出來。

　　那晚上，經過馬來海峽，船震盪得很。滿船的人，多

犯了「海病」。第二天，浪平了。我見管艙的侍者，手忙腳亂地拿著一個麻袋，往他的艙裡進去。一問，才知道他已經死了。侍者把他的屍洗淨，用細臺布裹好，拿了些廢鐵、幾塊煤炭，一同放入袋裡，縫起來。他的小女兒還不知這是怎麼一回事，只咿啞地說了一兩句不相干的話。她會叫「爸爸」、「我要你抱」、「我要那個」等等簡單的話。在這時，人們也沒工夫理會她、調戲她了，她只獨自說自己的。

黃昏一到，他的喪禮，也要預備舉行了。侍者把麻袋拿到船後的舷邊。燒了些楮錢，口中不曉得念了些什麼，念完就把麻袋推入水裡。那時船的推進機停了一會，隆隆之聲一時也靜默了。船中知道這事的人都遠遠站著看，雖和他沒有什麼情誼，然而在那時候卻不免起敬的。這不是從友誼來的恭敬，本是非常難得，他竟然承受了！

他的海葬禮行過以後，就有許多人談到他生平的歷史和境遇。我也鑽入隊裡去聽人家怎樣說他。有些人說他妻子怎樣好，怎樣可愛。他的病完全是因為他妻子的死，積哀所致的。照他的話，他妻子葬在萬綠叢中，他卻葬在不可測量的碧晶巖裡了。

旁邊有個印度人，拈著他那一大縷紅鬍子，笑著說：「女人就是悲哀的萌蘗，誰叫他如此？我們要避掉悲哀，非先避掉女人的糾纏不可。我們常要把小女兒獻給殑伽河神，一來

可以得著神惠，二來省得她長大了，又成為一個使人悲哀的惡魔。」

　　我搖頭說：「這只有你們印度人辦得到罷了，我們可不願意這樣辦。誠然，女人是悲哀的萌蘖，可是我們寧願悲哀和她同來，也不能不要她。我們寧願她嫁了才死，雖然使她丈夫悲哀至於死亡，也是好的。要知道喪妻的悲哀是極神聖的悲哀。」

　　日落了，蔚藍的天多半被淡薄的晚雲塗成灰白色。在雲縫中，隱約露出一兩顆星星。金星從東邊的海崖升起來，由薄雲裡射出它的光輝。小女孩還和平時一樣，不懂得什麼是可悲的事。她只顧抱住一個客人的腿，綿軟的小手指著空外的金星，說：「星！我要那個！」她那副嬉笑的面龐，迥不像個孤兒。

今天

　　陳眉公先生曾說過：「天地有一大帳簿：古史，舊帳簿也；今史，新帳簿也。」他的歷史帳簿觀，我覺得很有見解。記帳的目的不但是為審察過去的盈虧來指示將來的行止，並且要清理未了的帳。在我們的「新帳簿」裡頭，被該的帳實在是太多了。血帳是頁頁都有，而最大的一筆是從三年前的七月七日造成現在被掠去的生命、財產、土地，難以計算。我們要擦掉這筆帳還得用血，用鐵，用堅定的意志來抗戰到底。要達到這目的，不能不仗著我們的「經理們」與他們手下的夥計的堅定意志，超越智慧，與我們股東的充足的知識、技術，和等等的物質供給。再進一步，當要把各部分的機構組織到更嚴密、更有高度的效率。

　　「文官不愛錢，武將不惜死」的名言是我們聽熟了的。自軍興以來，我們的武士已經表現他們不惜生命以衛國的大犧牲與大忠勇的精神。但我們文官的中間，尤其是掌理財政的一部分人，還不能全然走到「不愛錢」的階段，甚至有不愛國幣而愛美金的。這個，許多人以為是政治還不上軌道的現象，但我們仍要認清這是許多官人的道德敗壞，學問低劣，臨事苟辦，臨財苟取的結果。要擦掉這筆「七七」的血帳，非得把這樣的

壞夥計先行革降不可。不但如此，在這抵抗侵略的聖戰期間，不愛錢，不惜死之上還要加上勤快和謹慎。我們不但不愛錢，並且要勤快辦事；不但不惜死，並且要謹慎作戰。那麼，日人的凶焰雖然高到萬丈，當會到了被撲滅的一天。

在知識與技術的貢獻方面，幾年來不能說是沒有，尤其是在生產的技術方面，我們的科學家已經有了許多發明與發現（請參看卓芬先生的近年生產技術的改進。香港大公報二十九年七月五日特論）。我們希望當局供給他們些安定的實驗所和充足的資料，因為物力財力是國家的命脈所寄，沒有這些生命素，什麼都談不到。意志力是寄託在理智力上頭的。這年頭還有許多意志力薄弱的叛徒與國賊民賊的原因，我想就是由於理智的低劣。理智低劣的人，沒有科學知識，沒有深邃見解，沒有清晰理想；所以會頹廢，會投機，會生起無須要的悲觀。這類的人對於任何事情都用賭博的態度來對付。遍國中這類賭博的人當不在少數。抗戰如果勝利，在他們看來，不過是運氣好，並非我們的能力爭取得來的。這樣，哪裡成呢？所以我們要消滅這種對於神聖抗戰的賭博精神。知識與理想的栽培當然是我們動筆管的人們的本分。有科學知識當然不會迷信占卜扶乩，看相算命一類的事，賭博精神當然就會消滅了。迷信是削弱民族意志力的毒刃，我們從今日起，要立志掃除它。

　　物質的浪費是削弱民族威力的第二把惡斧。我們都知道我們是用外貨的國家，但我們都忽略了怎樣減少濫用與浪費的方法。國民的日用飲食，應該以「非不得已不用外物」為宗旨。菸酒脂粉等等消耗，謀國者固然應該設法制止，而在國民個人也須減到最低限度。大家還要做成一種群眾意見，使浪費者受著被人鄙棄的不安。這樣，我們每天便能在無形中節省了許多有用的物資，來做抗建的用處。

　　我們很滿意在這過去的三年間，我們的精神並沒曾被人擊毀，反而增加更堅定的信念，以為民治主義的衛護，是我們正在與世界的民主國家共同肩負著的重任。我們的命運固然與歐美的民主國家有密切的連繫，但我們的抗建還是我們自己的，稍存依賴的心，也許就會摔到萬丈的黑崖底下。破壞秩序者不配說建設新秩序。新秩序是能保衛原有的好秩序者的職責。站在盲的蠻力所建的盟壇上的自封自奉的民主，除掉自己僕下來，盟壇被拆掉以外，沒有第二條路可走，因為那盟壇是用不整齊、沒秩序和腐敗的磚土所砌成的。我們若要註銷這筆「七七」的血帳，須常聯合世界的民主工匠來毀滅這違理背義的盟壇。一方面還要加倍努力於發展能力的各部門，使自己能夠達到長期自給，威力累增的地步。

　　祝自第四個「七七」以後的層疊勝利，希望這筆血帳不久會從我們的新帳簿擦除掉。

青年節對青年講話

在二十二年前的今日也是個星期日,我還在燕京大學讀書。當日在天安門聚齊,怎樣向東交民巷交涉,怎樣到棲鳳樓去,到現在還很明顯地一椿一件出現在我的回憶裡。不過今天我沒工夫對諸位細說當日的情形與個人的遭遇,所要說的只是「五四」運動的意義,與今後我們青年人所當努力的事情。大學生對於社會與政治的關心,是我們自古以來的傳統理想,因為求學目的是在將來能為國家服務,同時也是訓練各人對於目前的政治與社會問題的態度與解答。當國家在危難時期,尤其需要青年對於種種問題,與實況有深切的了解與認識。他們得到刺激之後,更能為國認真向學,與努力做人。我們常感覺到年長的執政們,有時候腦筋會遲鈍一點,對於當前問題的感覺未必會像青年人那麼敏銳,又因為他們的生活安定了,雖然經驗與理智告訴他們應當怎樣做,他們卻不肯照所知所見,與所當走的路途去做去行。因此,青年人的政治意見的表示,就很可以刺激他們,使他們詳加考慮和審慎地決斷。「五四」運動的意義是在這點上頭,不幸事件的發生,不過是偶然的。若以打人燒屋來讚揚「五四」運動當日的學生,那就是太低看了那次的學生行為了。

　　「五四」運動的光榮是過去了。好漢不說當年勇，我們有為的青年應當努力於現在與將來，使中國能夠發展成為一個近代的國家。我每覺得我們國民的感覺太遲鈍，做事固然追不上時間；思想更不用說，在教育界中間甚至有些人一點思想，一毫思想都沒有。教書的人沒有教育良心，讀書的人沒有學習毅力，互相敷衍、互相標榜、互相欺騙。當日「五四」的學生，今日有許多已是操縱國運的要人，試問他們有了什麼成績，有許多人甚且回到科舉時代的習尚，以為讀書人便當會做詩、寫字、繪畫，不但自己這樣做，並且鼓勵學生跟著他們將有用的時間，費在無用或難以成功的事情上。他們盲目地鼓吹保存國粹，發展中國固有文化，不知道他們所保存的只是國渣滓而已。試拿保存中國文字一件事來說，我如果不認定文字不過是傳達思想的工具，就會看它為民族的神聖遺物，永遠不敢改變它，甚至會做出錯誤的推理說，有中國文字然後有中國文化，但是我們要知道中國文字並未發展到科學化的階段便停止了，生於現代而用原始的工具，無論如何是有害無利的。現代的文明是速度的文明，人家的進步一日萬里，我們還在抱殘守闕，無論如何，是會落後的。中國文字不改革，民族的進步便無希望。這是我敢斷言的。我敢再進一步說，推行注音字母還不夠，非得改用拼音字不可。現在許多青年導師，不但不主張改革中國文字，

反而提倡書法，以為中國字特別具有藝術價值，值得提倡。說這樣話的人們，大概沒到過歐美圖書館去看看中古時代，僧侶們寫的聖經和其它稿本。寫的文字形式一樣可以令人發生美感。古人閒得很，可以多用工夫消磨在寫字上。現代人若將時間這樣浪費，那就不應當了。文字形式的美，與其它器具，如椅桌等的一樣，它的美的價值與純藝術，如繪畫雕刻等不同，因為它主要目的在用而不在欣賞。我們要將用來變成欣賞也未嘗不可，甚至欣賞到無用而有害的東西，如吸菸、打嗎啡之類，也只得由人去做，不過不是應當青年人提倡的種種。近日有人教狗虱做戲，在技巧方面說是可以的，若是當它做藝術看那就太差了。提倡書法也與提倡做狗虱戲一樣無關大雅，近日人好皮毛的名譽，以為能寫個字，能畫兩筆，便是名家。因此，不肯從真學問處下工夫，這是太可惜太可憐了。

青年節是含有訓練青年人的政治意識與態度的作用的。我們的民族正入到最危難的關頭，國民對於民族生存的大目標固然要一致，為要達到生存的安全也要一致地努力，但對於國家前途的計劃，意見縱然不一致，也當彼此容忍，開誠布公，使摩擦減少。須知我們自己若不能相容，我們便不配希望人家的幫助與同情。我們對內的嚴重癥結在貪汙與政治團體的意見分歧與互相猜忌，國防只是黨防，抗戰不能得預

期的效果多半是由於被上頭所指出的貪汙的繩與猜忌的索的
絆纏。這樣下去，那能了得？前幾日偶然翻到日本平凡社刊
行的百科大事匯，在緬甸一條裡，論者說緬甸人性好猜忌，
是亡國民族的特徵。編者對緬甸人的觀察與判斷我不敢贊
同。但亡了國之後，凡人類所有的劣根性都會意外地被指摘
出來。我也承認亡國民族有他的特徵，而這些都是積漸發展
而來的。前七八年我寫了一篇偉大民族的條件的論文，在北
平晨報發表過，我的中心意見是以為偉大民族不是天生成
的，須要劣根性排除，自己努力栽培自己使他習慣成自然，
自然就會脫離蠻野人與鄙野人的境地。我現在要講亡國民族
的特徵，除了上頭所講的兩點以外，我們可以說還有五點。

- **嫉妒**：沒落的民族的個人總是希望人家的能力學力等等
  都不如他。凡有比他好的，就是一分一毫，他也很在
  意。他專會對別人算帳，自己的糊塗帳卻不去問，總要
  拿自己來與人家比，看不得一件好事情一個好見地給別
  人做了或提出來了，他非盡力破壞不可。這是亡國民族
  的一個特徵。

- **好名**：亡國民族的個人因為地位上已有高下，尤其喜歡
  得著虛名，但由自己的努力得來的名譽是很少見的。名
  譽的來到，多是由於同黨者的互相標榜。做事不認真，
  卻要得到人家的讚美。現在單從學術的研究來說，我們

常常看見報上登載的某某發明什麼東西比外國發明更好。更好，固然是應該，但要不自吹。東西真是超越，也不必鼓吹。而且許多與國防上有關的發明，若是這樣大吹大擂地刊報出來，豈不是大有損害？我們看見這樣大吹大擂的報，總會感覺到只是發明家的好名，並非他真有所發明。

◆ **無恆**：亡國的民族個人多半不肯把一件事情做好。他做事多半為名為利，從不肯牢站在自己的崗位。凡事，只要能使他的生活安適一點，不一定是能使他的事業更有成就的，他必輕易地改變他的職業。這樣永遠只能在人支配之下討生活，永不會有什麼成就的。

◆ **無情**：中國一講到無情便連想到無義，所以無情無義是相連的。一個人對別人的痛苦艱難，毫不關心，甚至只知道自己的利益與安適，不顧全大局，間接地吃人肉，直接地掠人財。在這幾年的抗戰期間，出了一批發國難財的「官商」，與「商官」！他們的假公濟私，對於民眾需要的生存與生活資料用巧妙的方法榨取與禁制，凡具有些少人心的人，對於他們無不痛恨。這種無同情心的情形，在亡國的民族中更顯現得明白。

◆ **無理想**：每一個生存著和生長著的民族必定有他的生存理想。遠大的理想本來不容易生產，不過要有民族永遠

的生存就得立一個共同的理想。在亡國民族中間,「理想」是什麼還莫名其妙,那講什麼理想呢?因為自己沒有理想,所以自己的行為便翻來覆去,自己的言論便常露出矛盾的現象。女人們都要爭婦女地位,反對納妾,可是有多少受高等教育的女子們,願意去做大官闊賈的「夫人」,只要「如」字不要,便可以自欺欺人。她們反對男子納妾,自己卻甘心作妾。還有許多政客官僚,為自己的地位與權力,忘記了他們平日的主張,在威迫利誘之下,便不顧一切,去幹賣國賣群的勾當。「五四」時代熱心青年中間不少是沉淪了的,這裡我也不願意多說了。

以上所講的幾點,不是說我們的民族中間都已有了這些特徵,只是為要提醒我們,教大家注意一下。我們不要想著亡了國是和古時換了一個朝代一樣。現代的亡國現象,絕不是換朝代,是在種族上被烙上奴隸的鐵印,子子孫孫永遠掙扎不起來。在異族統治底下,上頭所舉的幾個劣根性,要特別地被發展起來。頹廢的生活,自我的享受,成為一般亡國民族的生活型。因為在生活的、進展的機會上,樣樣是被統治了的。第一是學術統制。近代的國家,感覺到將來的戰爭會趨於腦力高下的爭鬥,凡有新知識,已經祕藏了許多。去外國留學已不如從前,那麼容易得人家的高深學問,將來可

以料想得到，除掉街頭巷尾可以買得到的教科書以外，稍為高等和專門一點的書籍，恐怕也要被統制起來，非其族人，絕不傳授。這樣的秦皇政策，我恐怕在最近就會漸漸施行起來的。學力比人差，當然得死心塌地地受人家支配，做人家的幫手。第二是職業會受統制。就使你有同等學力與經驗，在非我族類的原則底下，你是不能得到相當的職業的。有許多事業，人家絕不會讓你去做。一個很重要的機關，你當然不能希望進得去那門檻。就是一件普通的事業，也得儘先用自己的人，這樣你縱然有很大的才幹，也是沒有機會發展出來了。第三是經濟的統制。在奴主關係民族中間，主民族的生活待遇不用說是從奴民族榨取的。所以後者所受的待遇絕不能比前者好。主人吃的是肉，狗啃的是骨頭，是永世不易的公例。經濟能力由於有計畫的統制，越來便會越小，越小就越不敢生育。縱使生育子女，也沒有力量養育他們，這樣下去，民族的生存便直接受了影響。數百年後，一個原先繁榮的民族，就會走到被保存的地步。我很怕將來的中華民族也會像美洲的紅印第安人一樣，被劃出一個地方，做為民族的保存區域，留一百幾十萬人，做為人類過去種族與一種文化民族遺型，供人家的學者來研究。三時五時到那區域去。看看中國人怎樣用毛筆畫小鳥、寫草字，看看中國人怎樣拜祖先和打麻雀。種種色色，我不願意再往下說了。我只要提

醒諸位，中國的命運是在青年人手裡。青年現在不努力掙扎，將來要掙扎就沒有機會了。將來除了用體力去換粥水以外，再也不能有什麼發展了。我真是時時刻刻為中國的前途捏一把冷汗。

　　青年節本不是慶祝的性質，我們不是為找開心來的。我們要在這個時節默想我們自己的缺點，與補救的方法。我們當為將來而努力，回想過去，乃是幫助我們找尋新路徑的一個方法。所以青年節對於我們是有意義的。若是大家不忘記危亡的痛苦，大家努力向前向上，大家才配紀念這個青年節。我們可以說「五四」過去的成績，是與現在的青年沒有關係的。我們今後的成績，才與現在青年節有關係。

「七七」感言

　　歐洲有些自然科學家，以為戰爭是大自然的鐮刀，用來修削人類中的枯枝敗葉的。我不知道這話的真實程度有多高，我所知的是在人類還未達到「真人類」的階段，戰爭是不能避免的。這所謂「真人類」，並非古生物學的，而是文化的。文化的真人是與物無貪求，於人無爭持的。因為生物的人還沒進化到文化的人，所以他的行為，有時還離不開畜道。在畜道上才有戰爭，在人道與畜道相遇時也有戰爭。畜生們為爭一隻腐鼠，也可以互相殘噬到膏滴血流，同樣地，它們也可以侵犯人。它們是不可以理喻的。在人道的立腳點上說，凡用非理的暴力來侵害他人的，如理論道絕的期候，當以暴力去制止它，使畜道不能在光天化日之下猖獗起來。

　　說了一大套好像不著邊際的話，作者到底是何所感而言呢！他覺得許多動物雖名為人，而具有牛頭馬面狼心狗肺的太多，嚴格說起來還不能算是人，因此連想到畜道在人間的傳染。童話裡的「熊人」、「虎姑」、「狐狸精」，不過是「畜人」。至於「人狼」、「人狗」、「人貓」、「人馬」，這簡直是「人畜」。這兩週年的御日工作也許會成將來很好的童話資料，我們理會暴日雖戴著「王道」的面具，在表演時卻具足

了畜道的特徵。我們不可不知在我們中間也有許多墮在畜道上。此中最多的是「狗」和「貓」。我們中間的「人狗」、「人貓」，最可惡的有吠家狗引盜狗，饕餮貓與懶惰貓。兩年間的御日工作可以說對得人住，對得祖宗天地住。但是對於打狗轟貓這種清理家內的工作卻令人有點不滿意。

在御日工作吃緊的期間，忽然從最神聖的中樞裡發出類乎向日乞憐的狺聲，或不站在自己的崗位，而去指東摘西的，是吠家狗。甘心引狼入宅，吞噬家人的是引盜狗。我們若看見海港裡運來一切御日時期所不需的貨物，尤其是從「×× 船」來的，與大批的原料運到東洋大海去，便知道那是不顧群眾利益，只求個人富裕的饕餮貓的所行。用公款做投機事業，對於國家購入的品物抽取回扣，或以劣替優，以賤充貴，也是饕餮貓的行徑。具有特殊才幹，在國家需要他的時候，卻閉著眼，撫著耳，遠遠地躲在安全地帶，那就是懶惰貓。這些人狗、人貓，多如牛毛，我們若不把牠們除掉就不能脫離畜道在家裡橫行，雖有英勇的國士在疆場上與狼奮鬥著，也不能令人不起功微事繁的感想。所以我們要加緊做打狗轟貓的工作。

又有些人以為民眾知識缺乏，所以很容易變成迷途的羔羊，而為貓狗甚至為狼所利用。可是知識是不能絕對克服意志的，我們所怕的是意志薄弱易陷於悲觀的迷途的牧者。在

危難期間，沒有迷途的羔羊，有的是迷途的牧者。我的意思不是鼓勵捨棄知識，乃是要指出意志要放在知識之上，無論成敗如何，當以正義的扶持為準繩，以人道的出現為極則。人人應成為超越的男女，而非卑劣的羔羊。人人在力量上能自救，在知識上能自存，在意志上能自決，然後配稱為軒轅的子孫。這樣我們還得做許多積極工作。一方面要摧毀敗群的貓狗，一方面要扶植有為的男女，使他們成為優越的人類。非得如此，不能自衛，也不能救人；不配自衛，也不配救人。所以此後我們一部分的精神應貫注在整理內部，使我們的威力更加充實。那麼，就使那些比狼百倍厲害的野獸來侵犯我們，我們也可以應付得來。為人道努力的人們，我們應當在各方面加緊工作，才不辜負兩年來為這共同理想而犧牲的將士和民眾。

一封公開的信

中國晚報主筆先生及張春風先生：

八月一日貴報登出《出賣肉麻》一文，譏評 ××× 女士造像義展，眼光卓越，佩服之至。這篇「巨文」，我始終未讀過，因為我曾簽名贊成此事，所以一讀張先生大文之後便希望原作者能夠再向大眾申明一下，可惜等了這許多天毫無動靜，不得已得向二位先生說明幾句。

我現在把簽名的經過與我對於這事的意見敘述一番，如有不對之處，還求指教。

一個月前，在全國文藝界抗戰協會留港會員開會的一個晚上，會員們約了些漫畫家、音樂家、電影家來湊熱鬧，××× 女士當晚也被邀到會唱歌，同時有一二位會員拿出一個卷子請在座諸君贊助 ××× 女士造像義展會。據說是她要將自己的各種照片展覽出賣，以所得款項獻給國家，特要我做贊助人。我當時覺得義不容辭，便箋了名，可沒看見有「懷江山而及麗質，睹香草而思美人」那篇文章。若是見了當然也是不合我的脾胃，我必會建議修改的。

我很喜歡張先生指出傳統的爛調，如江山、麗質、香

草、美人一類的詞句，是肉麻的。這個證明作者寫不出所要辦的事情的真意，反而引起許多惡劣的反感。但在作者未必是有意說肉麻的話，他或者只知道那是用來描寫美人的最好成語。所以修辭不得法，濫用典故成語，常會吃這樣的虧。

　　不過我以為文章拙劣，當與所要辦的事分開來看。張先生譏評那篇啟文是可以的，至於斥造像義展為不然，我卻有一點不同的意見。此地我要聲明我並不是捧什麼伶人，頌什麼女優。此女士也是當晚才見過的，根本上不能說有什麼交情，也沒想要得著捧頌的便宜。我的意見與張先生不同之處，如下所述。

　　唱戲、演電影，像我們當教員當主筆的一樣，也是正當的職業。我一向是信從職業平等的。我對於執任何事業的都相當地尊重他們。看優伶為賤民，為身家不清白，正是封建意識的表現。須知今日所謂身家不清白，所謂賤，乃是那班貪官汙吏，棍徒賭鬼，而非倡優隸卒之流。如果一個伶人為國家民族願意做他所能做的，我們便當賦同情於他。捧與頌只在人怎樣看，並不是人人都存著這樣的心。在張先生的大文裡以為替傷兵縫棉衣，在國破家亡的時候，是每個男女國民所當負的責任，試問我國有多少男女真正負過這類或相等的責任？現在在中國的夫人小姐們不如倡優之處很多，想張先生也跟我一樣看得到。塘西歌姬的義唱，淨利全數獻給國

家。某某婦女團體組織義演，入款萬餘元，食用報銷掉好幾千！某某文化團體「七七」賣花，至今帳目吐不出來。這些事，想張先生也知道罷。我們不能輕看優伶，他們簡單的情感，雖然附著多少虛榮心，卻能幹出值得人們注意的事。

一個演電影的女優，她的色是否與她的藝一樣重要？（依我的標準，×××女士並不美。此地只是泛說。）若是我們承認這個前提，那麼「色相」於她，當等於學識於我們，一樣是職業上的一種重要的工具，能顯出所期的作用的。假如我們義賣文章，使國家得到實益，當然不妨做做。同樣地，申論下去，一個女優義賣她的照片，只要有人買，她得到乾淨的錢來獻給國家，我們便不能說她與抗戰和民族國家無關，更不能說會令人肉麻。如果我們還沒看見她要展賣的都是什麼，便斷定是「肉麻」，那就是侮辱她的人格，也侮辱了她的職業。

×××女士的「造像」我一幅也沒見過，據說是她的戲裝和電影劇裝居多。我想總不會有什麼肉麻的裸體像。縱然會有，也未必能引青年去「看像手淫」。張先生若是這樣想，就未免太看不起近代的青年了。色慾重的人就是沒有像××××××，對著任何人的像，甚至於神聖的觀音菩薩，也可以手淫的。張先生你說對不對？她賣「造像」×××××××××，人們的褻行與可能的誘惑，與她所賣的

148

照片並沒關係。當知她賣自己的造像是手段,得錢獻給國家是目的。假如一個女人或男人生得貌美而可以用本人的照片去換錢的話,只要有人要,未嘗不可作為義展的理由。我們只能羨慕他或她得天獨厚,多一道生利之門罷了。某人某人的造像賣給人做商標、賣給人做小囝模型、租給人做畫稿、做雕刻模型,種種等等,在現代的國家裡並沒人看這些是肉麻或下賤無恥。

捧戲子,頌女優,如果意識是不乾淨的,當然是無聊文人的醜跡。但如彼優彼伶所期望辦理的事是值得贊助的話,我們便當尊重他們,看他們和我們一樣是有人格的,不能以其為優伶,便侮辱他們。我們當存君子之心,莫動小人之念,才不會失掉我們所批評的話的價值。我以為對於他人所要做的事情,如見其不可,批評是應該有的,不過要想到在這缺乏判斷力的群眾中間,措詞不當,就很容易發生一犬吠影百犬吠聲的事,於其他的事業,或者也會得到不良的影響。

謝謝二位先生費神讀這封長信。我並不是為做啟文的人辯護,只是對於以賣自己的照片為無恥的意思提出一點私見來。先生們若是高興指教的話,我願意就這事的本身,再作更詳盡的客觀的討論。

許地山謹白。

英雄造時勢與時勢造英雄

　　在危急存亡的關頭容易教人想到英雄，所以因大風而思猛士不獨是劉邦一個人的情緒，在任何時代都是有的。我們的民族處在今日的危機上，希望英雄的出現比往昔更為迫切。但是「英雄」這兩個字的意義自來就沒有很明確的解釋，因此發生這篇論文所標的問題 —— 到底英雄是時勢造的呢？還是時勢是英雄造的呢？「英雄」這兩個字的真義須要詳細地分析才能得到。固然我們不以一個能為路邊的少女把寶飾從賊人的手裡奪回來的人為英雄，可是連這樣的小事都不能做的有時候也會受人崇拜。在這裡，我們不能不對於英雄的意義畫出一個範圍來。

　　古代的英雄在死後沒有不受人間的俎豆，崇拜他們為神聖的。照禮記祭法的規定，有被崇拜的資格的不外是五種。第一是「法施於民」的，第二是「以死勤事」的，第三是「以勞定國」的，第四是「能御大災」的，第五是「能捍大患」的。法施於民是件（使）民有所，能依著他所給的方法去發展生活，像后稷能殖百穀，后土能平九州，後世的人崇祀他們為聖人。（所謂聖人實際也是英雄的別名。）以死勤事是能夠盡他的責任到死不放手，像舜死在蒼梧之野，鯀死

150

於洪水，也是後世所崇仰的聖人。以勞定國是能以勞力在國家危難的時候使它回復到安平的狀態，像黃帝、禹湯的功業一樣。御大災，捍大患，是對於天災人患能夠用方法抵禦，使人民得到平安。這些是我們的祖先崇拜英雄的標準。大體說起來，以死勤事，是含有消極性的，以勞定國，能御大災，捍大患，也許能用自己的智慧，他們是介在消極與積極中間的。唯有法施於民的才是真正的聖人，他必需具有超人的智慧才成。

　　看來，我們可以有兩種英雄：一是消極的，二是積極的。消極的英雄只是保持已成的現狀，使人民過平安的日子，教他們不受天災人患的傷害，能夠在不得已的時候犧牲自己的一切。積極的英雄是能為人群發明或發見新事和新法度，使他們能在停滯的生活中得到進步，在痛苦的生活中減少痛苦，換一句話，就是，他能改造世界和增進人間的幸福。今日一般人心目中的英雄多半不是屬於第二類，並且是屬於第一類中很狹窄的一種，就是說，只有那為保護人民不惜生命的戰士才被稱為英雄。這種英雄不一定能造時勢，甚或為時勢所造。因為這類的英雄非先有一個時勢排在他面前，不能顯出他的本領，所以時勢的分量比英雄本身來得重些。反過來說，積極的英雄並不等到人間生活發生什麼障礙，才把他製造出來。人們看不到的痛苦，他先看到；人們還沒遇到困

難，他先想像出來。他在人們安於現成生活的時候為他們創製新生活，使他們向上發展。也許時勢造出來的英雄也能達到這個目的，但是可能性很小。

真英雄必定是造時勢者。時勢被他造得成與不成，於他的英雄本色並無妨礙，事的成敗不足為英雄的準度。通常的見解每以為成功者便是英雄，那是不確的。成功或由於機會好。「河無大魚，小蝦稱王」，在一個沒有特出人才的時境，有小本領便可做大事。這也是時勢所造的一種英雄。還有些是偶然的成功，作者本身也夢想不到他會有那麼樣的成就。他對於自己的事業並沒有明了的認識，也沒有把握，甚至本來是要保守，到頭來卻變成革命，因為一般的傾向所歸，他也樂得隨從。這也是時勢所造的一種英雄。還有些是剝削或榨取他人的智力或體力來製造自己的勢力和地位。他的成功與受崇敬完全站在欺騙和剝削的黑幕前面。有時自己做不夠，還要自己的家人親戚來幫他做，攬到國家大權，便任用私人，培植爪牙。可憐的是渾渾沌沌的群眾不會裁制他，並不是他真有英雄本領。這也是時勢所造的一種英雄。

我們細細地把歷史讀一遍，便覺得時勢所造的英雄比造時勢的英雄更多。這中間有一條很大的道理。我們姑且當造時勢的英雄是人間所需求的真英雄，而這種英雄本是天生的。真英雄是超人，但假英雄或擬英雄也許是中人以下的

「下人」（Underman）。所謂假英雄是指那班偶然得到意外的成功的投機家而言。所謂擬英雄是指那班被時勢所驅遣，迫得去做轟轟烈烈的事業的苦幹者而言。所謂下人是對於超人而言。他的智力與體質甚至不及中人。在世間裡，中人都很少，超人更談不上，等到黃河清也不定等得到一個出現。人間最可憐憫的是下人太多，尤其是從下人中產生出來的英雄比較多。這類的英雄若是過多，就於國族有害。怎麼講呢？因為他們沒有中人的智力而作超人的權威，自我的意識太重，每持著群眾的生命財產智慧是為他們的光榮和地位而有的態度。這樣損多數人以利少數人的情形便是封建制度。英雄與封建制度本來有密切的關係，但這裡應當分別的是古代的封建英雄於其同時的一般群眾中確實具有超人的能力，而現代的封建英雄只是靠機緣。哪怕他是乳臭未除，只要家裡有人掌大權，他便是了不得的人物。哪怕他智慧低劣，只要能夠聯絡權要，他便是群眾的領袖。他的方法是利用新聞和金錢來替他鼓吹，甚至神化一個過去的人物來做他的面具。一個人生時碌碌無奇，死後或者會被人當作「民族英雄」來崇拜，其原因多半在此。這類神化的民族英雄實際等於下劣民族的咒物。今日全世界人類的智力平均起來恐怕不及高等小學的程度，所以凡有高一點的知識而敢有所作為的都有做領袖或獨裁者的可能。不過這並不是群眾的福利。我們講英

雄的事業應當以全世界民眾的福利為對象，損人利己固不足道，乃至用發展自己民族的口號去掠奪他民族的土地的也不能算是英雄。今日世界時局的困難多半由於這類的英雄所造成。如果我們縮小範圍來講一下我們的英雄，我們也會覺得有許多是下人中所產出的。他們的要求是金錢與名譽。金錢可以使他們左右時勢，若說他們是造時勢的英雄，其原動力只是這樣，並非智慧。名譽使他們享受群眾的信仰，欺騙到萬古流芳的虛榮。他們的要求既是如此低下，無怪他們只會把持武力，操縱金融，結黨營私，持權逐利，毀群眾的福利來增益自己。他們只會享受和浪費，並無何等遠慮，以善巧方便得到金錢名譽之後，便走到海外去做寓公，將後半生事業付與第二幫民賊。

我們講到假英雄之多，便想到在人群中是否個個有做英雄的可能。現在人間還是在一個不平等的情況底下過日子。不但是人所享受的不平等，最根本的是智力與體力的差異太甚。英雄是天生嗎？不。英雄是依賴先天的遺傳與後天的訓練所造成的。英雄是有種的。我們應當從優生學的原理研求人種的改善，凡是智力不完，體質有虧的父母都不許他們傳後代。反之，要鼓勵身心健全的男女多從事於第二代民眾的生育。這樣，真英雄的體質與理智的基礎先打穩固，造成英雄的可能性便多。否則生來生去，只靠「碰彩」，於人間將

來的改進是毫無把握的。第二步還要使社會重視生育，好種的男女一生下來當要特意看護他們，注意訓練他們，使他們的身心得以均衡地發展。現在已有科學家注意到食物與體質性格與壽命的關係，可是最重要的還是選種，否則用科學方法來培養下人，延長他們的生命，使他們剝削群眾的時間更長，那就不好了。

真英雄是不受時勢所左右的。因為他是一個「形全於外，心全於中」的人，他的主見真而正，他的毅力恆而堅。他能時時檢察自己，看出自己的弱點，而謀所以改善的步驟。事業的成敗不是他所計較的，唯有正義與向上是要緊的。今日我們所渴望的是這樣的英雄。我們對於強敵的侵略，所希望的抗敵英雄也要屬於這一類的人物。戰爭在假英雄的眼光裡是賭博的一種，但在真英雄的心目中，這事是正義的保障。為正義而戰，雖不勝也應當做，毫無可疑的。

最後，我們還是希望造時勢的英雄出現，唯有他才能拯民眾於水火之中。等到人人的智力能夠約束自己與發展自己，人間真正平等出現的時候，我們才不需要英雄。英雄本是蠻野社會遺下的名目，在智慧平均與普遍發展像蜂蟻的社會可以說個個都是英雄，因為其中沒有一個不能自衛，沒有一個不能為群眾犧牲自己。所以我想無論個個人達到身心健全，能利益群眾的時代是全英雄時代，也是無英雄時代。

論「反新式風花雪月」

「新式風花雪月」是我最近聽見的新名詞。依楊剛先生的見解是說：在「我」字統率下所寫的抒情散文，充滿了懷鄉病的嘆息和悲哀，文章的內容不外是故鄉的種種，與爸爸、媽媽、愛人、姐姐等。最後是把情緒寄在行雲流水和清風明月上頭。楊先生要反對這類新型的作品，以為這些都是太空洞，太不著邊際，充其量只是風花雪月式的自我娛樂，所以統名之為「新式風花雪月」。這名辭如何講法可由楊先生自己去說，此地不妨拿文藝裡的懷鄉、個人抒情、堆砌詞藻、無病呻吟等，來討論一下。

我先要承認我不是文學家，也不是批評家，只把自己率直的見解來說幾句外行話，說得不對，還求大家指教。

我以為文藝是講情感而不是講辦法的。講辦法的是科學，是技術。所以整匹文藝的錦只是從一絲一絲的嘆息、懷念、吶喊、憤恨、譏諷等等，組織出來。經驗不豐的作者要告訴人他自己的感情與見解，當然要從自己講起，從故鄉出發。故鄉也不是一個人的故鄉，假如作者真正愛它，他必會不由自主地把它描寫出來。作者如能激動讀者，使他們想方法怎樣去保存那對於故鄉的愛，那就算盡了他的任務。楊先

生怕的是作者害了鄉思病，這固然是應有的遠慮。但我要請
他放心，因為鄉思病也和相思病一樣地不容易發作。一說起
愛情就害起相思病的男女，那一定是瘋人院裡的住客。同樣
地，一說起故鄉，什麼都是好的，什麼都是可戀可愛的，恐
怕世間也少有這樣的人。他也會不喜歡那隻扒滿蠅蚋的癩
狗，或是隔鄰二嬸子愛說人閒話的那張嘴，或是住在別處的
地主派來收利息的管家罷。在故鄉裡，他所喜歡的人物有時
也會述說盡的。到了說淨盡的時候，如果他還要從事於文藝
的時候，就不能不去找新的描寫對象，他也許會永遠不再提
起「故鄉」，不再提起媽媽姐姐了。不會作文章和沒有人生
經驗的人，他們的世界自然只是自己家裡的一廳一室那麼狹
窄，能夠描寫故鄉的柳絲蟬兒和飛災橫禍的，他們的眼光已
是看見了一個稍微大一點的世界了。看來，問題還是在怎樣
了解故鄉的柳絲、蟬兒等等，不一定是值得費工夫去描寫，
爸爸、媽媽、愛人、姐姐的遭遇也不一定是比別人的遭遇更
可嘆息，更可悲傷。無病的呻吟固然不對，有病的呻吟也是
一樣地不應當。永不呻吟的才是最有勇氣的。但這不是指著
那些麻木沒有痛苦感覺的喘氣傀儡，因為在他們的頭腦裡找
不出一顆活動的細胞，他們也不會咬著牙齦為彌補境遇上的
缺陷而戮力地向前工作。永不呻吟的當是極能忍耐最擅於視
察事態的人。他們的筆尖所吐的絕不會和嚼飯來哺人一樣噁

心，乃如春蠶所吐的錦繡的原料。若是如此，那做成這種原料的柳絲、蟬兒、爸爸、媽媽等，就應當讓作者消化在他們的筆尖上頭。

其次，關於感情的真偽問題。我以為一個人對於某事有真經驗，他對於那事當然會有真感情。未經過戰場生活的人，你如要他寫炮火是怎樣厲害，死傷是何等痛苦，他憑著想像來寫，雖然不能寫得過真，也許會寫得畢肖。這樣描寫雖沒有真經驗，卻不能說完全沒有真感情。所謂文藝本是用描寫的手段來引人去理解他們所未經歷過的事物，只要讀者對作品起了共鳴作用，作者的感情的真偽是不必深究的。實在地說，在文藝上只能論感情的濃淡，不能論感情的真偽，因為偽感情根本就夠不上寫文藝。感情發表得不得當也可以說虛偽，所以不必是對於風花雪月，就是對於靈、光、鐵、血，也可以變做虛偽的吶喊。人對於人事的感情每不如對於自然的感情濃厚，因為後者是比較固定比較恆久的。當他說愛某人某事時，他未必是真愛，他未必敢用發誓來保證他能愛到底。可是他一說愛月亮，因為這愛是片面的，永遠是片面的，對方永不會與他有何等空間上、時間上、人事上的衝突，因而他的感情也不容易變化或消失。無情的月對著有情的人，月也會變做有情的了。所忌的是他並不愛月亮，偏要說月亮是多麼可愛，而沒能把月亮的所以可愛的理由說出

來，使讀者可以在最低限度上佩服他。撒的謊不圓，就會令人起不快的感想，隨著也覺得作者的感情是虛偽的。讀書、工作、體驗、思索，只可以培養作者的感情，卻不一定使他寫成充滿真情的文章，這裡頭還有人格修養的條件。從前的文人每多「無行」。所以寫出來的縱然是真，也不能動人。至於敘述某生和狐狸精的這樣那樣，善讀文藝的人讀過之後，忘卻的雲自然會把它遮蓋了的。

其三，關於作風問題。作風是作者在文心上所走的路和他的表現方法。文藝的進行順序是從神壇走到人間的飯桌上的。最原始的文藝是祭司巫祝們寫給神看或念給神聽；後來是君王所豢養的文士寫來給英雄、統治者，或閒人欣賞；最後才是人寫給人看。作風每跟著理想中各等級的讀者轉變方向。青年作家的作品所以會落在「風花雪月」的型範裡的原故，我想是由於他們所用的表現工具 —— 文字與章法 —— 還是給有閒階級所用的那一套，無怪他們要堆砌詞藻，鋪排些在常人飯碗裡和飯桌上用不著的材料。他們所寫的只希望給生活和經驗與他們相同的人們看，而那些人所認識的也只是些中看不中用的詞藻。「到民間去」，「上前線去」，只要帶一張嘴、一雙手，就夠了，現在還談不到帶文房四寶。所以要改變作風，須先把話說明白了，把話的內容與涵義使人了解才能夠達到目的。會說明白話的人自然擅於認識現實，

而具有開條新路讓人走的可能力量。話說得不明白才會用到堆砌詞藻的方法，使人在五里霧中看神仙，越模糊越祕密。這還是士大夫意識的遺留，是應當摒除的。

《落華生舌》弁言

　　自二十歲時投筆不做詩詞，於今幾近十年，中間雖有些少作品，多是情到無可奈何才勉強寫了幾句，但以其不工而無用，故未錄入冊子，任它們失散。

　　年近三十，詩興復現，但所寫總嫌不工，故造作雖多，仍無意把它們寫在冊上。方才夢見愛妻來，醒後急翻書篋，得前年所造詩，翻誦許久，不覺淚下，於是把它錄下，做為第一首。更選記憶中的舊作為自己所愛的抄下，沒事時可以自己念念。

　　妻不會作詩，而好念詩，更喜歡聽人念詩。記得我們的婚筵散後，她還念了許多古詩給我聽。我得罪她的時候，她就罰我做詩或念詩給她聽。可惜她死得太快了，許多新作家的好詩，她一首也沒聽過。

　　我不是詩人，我直是個歌者。我所做的與其說是詩，不如說是謳。

《解放者》弁言

我不信文章有絕對的好壞。好壞只繫在作者的暗示與讀者的反應當中。對於一篇作品，除非每個讀者的了解相等和思想相近，定不能有相同的評價。所以作者在下筆時當然要立定文心，就是自己思維：「我寫這篇文字要給誰看」，和「我為什麼要寫這篇文字」這兩個問題。他不要寫給文盲者看是一定的，因為不認得字也就毋須讀了。他的意想的讀者是思想暗、感情暗、意志暗、道德暗的人們，是思想盲、感情盲、意志盲、道德盲的人們，是思想悶、感情悶、意志悶、道德悶的人們。但他不是寫自然科學，不是寫犯罪學，不是寫心理學，不是寫戀愛學，不是寫社會學，不是寫道德學，不是寫哲學，乃至不是寫任何學術。他只用生活經驗來做材料，組織成為一篇文字，試要在個人的生活經驗和觀察中找尋他的知音者。他不計較所作的成功或失敗。他直如秋夏間的鳴蟲，生活的期間很短，並沒有想到所發的聲音能不能永久地存在，只求當時哀鳴立刻能夠得著同情者。他沒有派別，只希望能為那環境幽暗者作明燈，為那覺根害病者求方藥，為那心意煩悶者解苦惱。作者能做到這地步，目的便達到了。

年來寫的不多，方紀生先生為我集成這幾篇，勸我刊行，並要我在卷頭寫幾句。自量對於小說一道本非所長，也沒有閒情來做文章上的遊戲，只為有生以來幾經淹溺在變亂的淵海中，愁苦的胸襟蘊懷著無盡情與無盡意，不得不寫出來，教自己得著一點慰藉，同時也希望獲得別人的同情。如今所作既為一二位朋友所喜，就容我把這小冊子獻給他們。

序《野鴿的話》

　　寫文的時候，每覺得筆尖有鬼。有時胸中有千頭萬緒，寫了好幾天，還是寫不出半個字來。有時腦裡沒一星半點意思，拿起筆來，卻像乩在沙盤上亂畫，千言萬語，如瀑如潮，頃刻湧瀉出來。有時明知寫出來不合時宜，會挨譏受罵，筆還是不停地搖。有時明知寫出來人會歡迎，手卻顫動得厲害，一連在紙上杵成無數汙點。總而言之，寫文章多是不由自主，每超出愛寫便寫之上。真正的作家都是受那不得不寫的鬼物所驅使。

　　我又覺得寫文的目的若果專在希冀讀者的鑑賞或叫絕的話，這種作品是絕對地受時間空間和思想所限制的。好作品不是商品，不必廣告，也不必因為人歡迎便多用機器來製造。若不然，這樣的作品一定也和機器貨化學貨一樣，千篇一律。做好文章的作家的胸中除掉他自己的作品以外，別的都不存在，只有作品本身是重要的。讀者不喜歡不要緊；挨譏刺也不要緊；挨罵更不要緊；賣不出去尤其不要緊。作者能依個人的理解與興趣在作品上把精神集中於生活的一兩個問題上也就夠了。

　　現在中國文壇上發生了許多爭論。其中最重要的一點是

所謂文學的「積極性」。我不懂這名詞的真詮在什麼地方。如果像朋友們告訴我說，作者無論寫什麼，都要旗幟鮮明。在今日的中國尤其是要描寫被壓迫的民眾的痛苦，和他們因反抗而得最後的勝利。這樣，寫小說必得「就範」。一篇一篇寫出來，都得像潘金蓮做給武大賣的炊餅，兩文一個，大小分量都是一樣，甚至連餅上的芝麻都不許多出一粒！所謂積極性，歸到根底，左不過是資本家壓迫勞工，勞工抵抗，勞工得最後的勝利；或是地主欺負農民，農民暴動，放火燒了地主全家，因得分了所有的土地。若依定這樣公式做出來，保管你看過三兩篇以後，對於含有積極性的作品，篇篇都可以背得下來，甚至看頭一句便知道末一句是什麼。文章的趣味，到這步田地可算是完了。我並非反對人寫這種文章。我承認它有它的效用。不過，若把文學的領域都歸納在這範疇裡，我便以為有點說不下去。若是文壇的輿論以為非此不可的話，我便祈願將那些所謂無積極性的作品都踢出文學以外，給它們什麼壞的名目都可以。

　　人類的被壓迫是普遍的現象。最大的壓迫恐怕還是自然的勢力，用佛教的話，是「生老病死」。農工受壓迫的是事實，難道非農非工便都是吃人的母夜叉母大蟲；難道壓迫農工的財主戰主沒有從農工出身的；難道農工都是無用者？還有許多問題都是不能用公式來斷定的。我不信凡最後的勝利

都值得羨慕。我不信凡事都可以用爭鬥或反抗來解決。我不信人類在自然界裡會有得到最後勝利的那一天。地會老，天會荒，人類也會碎成星雲塵，隨著太空裡某個中心吸力無意識地繞轉。所以我看見的處處都是悲劇；我所感的事事都是痛苦。可是我不呻吟，因為這是必然的現象。換一句話說，這就是命運。作者的功能，我想，便是啟發讀者這種悲感和苦感，使他們有所慰藉，有所趨避。如果所謂最後勝利是避不是克，是順不是服，那麼我也可以承認有這回事。所謂避與順並不是消極的服從與躲避，乃是在不可抵擋的命運中求適應，像不能飛的蜘蛛為創造自己的生活，只能打打網一樣。天賦的能力是這麼有限，人，能做什麼？打開褲襠捉捉蝨子，個個都能辦到；像阿特拉斯要扛著大地滿處跑的事只能在虛空中出現罷。無論如何，愚公可以移山，夸父不能追日，聰明人能做得到的，愚拙人也可以做得到。然而我只希望不要循環地做，要向上地做。我受了壓迫，並不希望報復，再去壓迫從前的壓迫者。我只希望造成一個無壓迫的環境，一切都均等地生活著。如果用這個來做文心，我便以為才是含有真正的積極性。

又，像我世代住在城市，耳目所染，都是城市生活和城市人的痛苦。我對於村莊生活和農民不能描寫得很真切，因為我不很知道他們。我想，一個作者如果是真誠的話，一定

166

不會放著他所熟悉的不寫，反去寫他所不知的。生活的多方面，也不能專舉一兩種人來描寫，若說要做一個時髦的作家必得描寫農工，那麼我寧願將我的作品放在路邊有應公的龕裡，讓那班無主孤魂去讀。

　　穎柔先生的文學生涯已過了十幾年。雖然因他不常寫，寫也不為賣錢的原故，有一兩篇在結構上似乎有點生澀或不投時尚，但他的文學率真、有趣，足能使人一讀便不肯放手。從前的人們拿小說當安眠藥，拿起書來，望床上一躺，不管看的是什麼，是哪一回，胡亂地讀一陣，到打個呵欠，眼睛漸閉，書掉在地上，就算得著其中意味了。穎柔的作品卻是興奮劑。他描寫的不出他的經驗和環境，內容也不含有積極性，只為描寫而描寫，可是教人越讀越精神。他每篇都寓著他個人的人生觀，最可注意的是他不以一般已成的道德和信仰為全對。他覺得這當中有時甚至是虛偽，可憎，和危險。現在他把從前所寫的小說和散文等集成一小冊，名為《野鴿的話》。因為是老同學，對於他的文章又有同調的感觸，所以不妨借題發揮，胡說一氣。我想我這樣解釋穎柔的作品，他一定不會見怪。

創作的三寶和鑑賞的四依

雁冰、聖陶、振鐸諸君發起創作討論，叫我也加入。我知道凡關於創作的理論他們一定說得很周到，不必我再提起，我對於這個討論只能用個人如豆的眼光寫些少出來。

現代文學界雖有理想主義（Idealism）和寫實主義（Realism）兩大傾向，但不論如何，在創作者這方面寫出來的文字總要具有「創作三寶」才能參得文壇的上禪。創作的三寶不是佛、法、僧，乃是與此佛、法、僧同一範疇的智慧、人生和美麗。所謂創作三寶不是我的創意，從前歐西的文學家也曾主張過。我很讚許創作有這三種寶貝，所以要略略地將自己的見解陳述一下。

（一）**智慧寶**：創作者個人的經驗，是他的作品的無上根基。他要受經驗的默示，然後所創作的方能有感力達到鑑賞者那方面。他的經驗，不論是由直接方面得來，或者由間接方面得來，只要從他理性的評度，選出那最玄妙的段落 —— 就是個人特殊的經驗有裨益於智慧或識見的片段 —— 描寫出來，這就是創作的第一寶。

（二）**人生寶**：創作者的生活和經驗既是人間的，所以他的

168

作品需含有人生的原素。人間生活不能離開道德的形式。創作者所描寫的縱然是一種不道德的事實，但他的筆力要使鑑賞者有「見不肖而內自省」的反感，才能算為佳作。即使他是一位神祕派、象徵派，或唯美派的作家，他也需將所描那些虛無縹緲的，或超越人間生活的事情化為人間的，使之和現實或理想的道德生活相表裡。這就是創作的第二寶。

（三）**美麗寶**：美麗本是不能獨立的，它要有所附麗才能充分地表現出來。所以要有樂器、歌喉，才能表現聲音美；要有光暗、油彩，才能表現顏色美；要有綺語、麗詞，才能表現思想美。若是沒有樂器、光暗、言文等，那所謂美就無著落，也就不能存在。單純的文藝創作 —— 如小說、詩歌之類 —— 的審美限度只在文字的組織上頭；至於戲劇，非得具有上述三種美麗不可。因為美有附麗的性質，故此，列它為創作的第三寶。

雖然，這三寶也是不能彼此分離的。一篇作品，若缺乏第二、第三寶，必定成為一種哲學或科學的記載；若是只有第二寶，便成為勸善文；只有第三寶，便成為一種六朝式的文章。所以我說這三寶是三是一，不能分離。換句話說，這就是創作界的三位一體。

創作的三寶和鑑賞的四依

　　已經說完創作的三寶，那鑑賞的四依是什麼呢？佛教古德說過一句話：「心如工畫師，善畫諸世間。」文藝的創作就是用心描畫諸世間的事物。冷熱諸色，在畫片上本是一樣地好看，一樣地當用。不論什麼派的畫家，有等擅於用熱色，喜歡用熱色；有等擅於用冷色，喜歡用冷色。設若鑑賞者是喜歡熱色的，他自然不能賞識那愛用冷色的畫家的作品。他要批評（批評就是鑑賞後的自感）時，必需了解那主觀方面的習性、用意和手法才成。對於文藝的鑑賞，亦復如是。

　　現在有些人還有那種批評的剛愎性，他們對於一種作品若不了解，或不合自己意見時，不說自己不懂，或說不符我見，便爾下一個強烈的否定。說這個不好，那個不妙。這等人物，鑑賞還夠不上，自然不能有什麼好批評。我對於鑑賞方面，很久就想發表些鄙見，現在因為講起創作，就連到這問題上頭。不過這裡篇幅有限，不能容盡量陳說，只能將那常存在我心裡的鑑賞四依提出些少便了。

　　佛家的四依是：「依義不依語；依法不依人；依智不依識；依了義經不依不了義經。」鑑賞家的四依也和這個差不多。現時就在每依之下說一兩句話 ──

（一）**依義**：對於一種作品，不管它是用什麼方言，篇內有什麼方言參雜在內，只要令人了解或感受作者所要標明的

義諦，便可以過得去。鑑賞者不必指摘這句是土話，那句不雅馴，當知真理有時會從土話裡表現出來。

（二）**依法**：須要明了主觀 —— 作者 —— 方面的世界觀和人生觀，看他能夠在藝術作品上充分地表現出來不能，他的思想在作品上是否有系統。至於個人感情需要暫時擱開，凡有褒貶不及人，不受感情轉移。

（三）**依智**：凡有描寫不外是人間的生活，而生活的一段一落，難保沒有約莫相同之點，鑑賞者不能因其相像而遂說他是落了舊者窠臼的。約莫相同的事物很多，不過看創作者怎樣把他們表現出來。譬如一件很平常的事情，在常人視若無足輕重，然而一到創作者眼裡便能將自己的觀念和那事情融化，經他一番地洗染，便成為新奇動聽的創作。所以鑑賞創作，要依智慧，不要依賴一般識見。

（四）**依了義**：有時創作者的表現力過於超邁，或所記情節出乎鑑賞者經驗之外，那麼，鑑賞者須在細心推究之後才可以下批評。不然，就不妨自謙一點，說聲：「不知所謂，不敢強解。」對於一種作品，若是自己還不大懂得，那所批評的，怎能有徹底的論斷呢？

總之，批評是一種專門工夫，我也不大在行，不過隨緣

訴說幾句罷了。有的人用批八股文或才子書的方法來批評創作，甚至毀譽於作者自身。若是了解鑑賞四依，哪會釀成許多筆墨官司！

女子的服飾

　　人類說是最會求進步的動物，然而對於某種事體發生一個新意見的時候，必定要經過許久的懷疑，或是一番的痛苦，才能夠把它實現出來。甚至明知舊模樣舊方法的缺點，還不敢「斬釘截鐵」地把它改過來咧。好像男女的服飾，本來可以隨意改換的。但是有一度的改換，也必費了好些唇舌在理論上做工夫，才肯羞羞縮縮地去試行。所以現在男女的服飾，從形式上看去，卻比古時好；如果從實質上看呢？那就和原人的裝束差不多了。

　　服飾的改換，大概先從男子起首。古時男女的裝束是一樣的，後來男女有了分工的趨向，服飾就自然而然地隨著換啦。男子的事業越多，他的服飾越複雜，而且改換得快。女子的工作只在家庭裡面，而且所做的事與服飾沒有直接的關係，所以它的改換也就慢了。我們細細看來，女子的服飾，到底離原人很近。

　　現時女子的服飾，從生理方面看去，不合適的地方很多。她們所謂之改換的，都是從美觀上著想。孰不知美要出於自然才有價值，若故意弄成一種不自然的美，那纏腳娘走路的婀娜模樣也可以在美學上占位置了。我以為現時女子的

女子的服飾

事業比往時寬廣得多，若還不想去改換她們的服飾，就恐怕不能和事業適應了。

事業與服飾有直接的關係，從哪裡可以看得出來呢？比如歐洲在大戰以前，女子的服飾差不多沒有什麼改變。到戰事發生以後，好些男子的事業都要請女子幫忙。她們對於某種事業必定不能穿裙去做的，就換穿褲子了；對於某種事業必定不能帶長頭髮去做的，也就剪短了。歐洲的女子在事業上感受了許多不方便，方才把服飾漸漸地改變一點，這也是證明人類對於改換的意見是很不急進的。新社會的男女對於種種事情，都要求一個最合適的方法去改換它。既然知道別人因為受了痛苦才去改換，我們何不先把它改換來避去等等痛苦呢？

在現在的世界裡頭，男女的服飾是應當一樣的。這裡頭的益處很大，我們先從女子的服飾批評一下，再提那改換的益處罷。我不是說過女子的服飾和原人差不多嗎？這是由哪裡看出來的呢？

第一樣是穿裙。古時的男女沒有不穿裙的。現在的女子也少有不穿裙的。穿裙的緣故有兩種說法：（甲）因為古時沒有想出縫褲的方法，只用樹葉或是獸皮往身上一團；到發明紡織的時候，還是照老樣子做上。（乙）是因為禮儀的束縛。怎麼說呢？我們對於過去的事物，很容易把他當作神聖。所

174

以常常將古人平日的行為，拿來當儀式的舉動；將古人平日的裝飾，拿來當儀式的衣冠。女子平日穿褲子是服裝進步的一個現象。偏偏在禮節上就要加上一條裙，那豈不是很無謂嗎？

　　第二樣是飾品。女子所用的手鐲、腳釧、指環、耳環等等物件，現在的人都想那是美術的安置；其實從歷史上看來，這些東西都是以女子當奴隸的大記號，是新女子應當棄絕的。古時希伯來人的風俗，凡奴隸服役到期滿以後不願離開主人的，主人就可以在家神面前把那奴隸的耳朵穿了，為的是表明他已經永久服從那一家。希伯來語 Ne —— zem 有耳環鼻環兩個意思。人類有時也用鼻環，然而平常都是獸類用的。可見穿耳穿鼻絕不是美術的要求，不過是表明一個永久的奴隸的記號便了，至於手鐲腳釧更是明而易見的，可以不必說了。有人要問耳環手鐲等物既然是奴隸用的，為什麼從古以來這些東西都是用很實的材料去做呢？這可怪不得。人的裝束有一分美的要求是不必說的，「披毛戴角編貝紋身」，就是美的要求，和手鐲耳環絕不相同的。用貴重的材料去做這些東西大概是在略婚時代以後。那時的女子雖說是由父母擇配，然而父母的財產一點也不能帶去，父母因為愛子的緣故，只得將貴重的材料去做這些裝飾品，一來可以留住那服從的記號，二來可以教子女間接地承受產業。現在的印度人

175

還有類乎這樣的舉動。印度女子也是不能承受父母的產業的，到要出嫁的時候，父母就用金鎊或是銀錢給她做裝飾。將金錢連起來當飾品，也就沒有人敢說那是父母的財產了。印度的新婦滿身用「金鎊鏈子」圍住，也是和用貴重的材料去做裝飾一樣。不過印度人的方法妥當而且直接，不像用金銀去打首飾的周折便了。

第三樣是留髮。頭上的飾品自然是因為留長頭髮才有的，如果沒有長頭髮，首飾也就無所附著了。古時的人類和現在的蠻族，男女留髮的很多，斷髮的倒是很少。我想在古時候，男女留長頭髮是必須的，因為頭髮和他們的事業有直接的關係。人類起首學扛東西的方法，就是用頭顱去頂的（現在好些古國還有這樣的光景），他們必要藉著頭髮做墊子。全身的毫毛唯獨頭髮特別地長，也許是由於這個緣故發達而來的。至於當頭髮做裝飾品，還是以後的事。裝飾頭髮的模樣非常之多，都是女子被男子征服以後，女子在家裡沒事做的時節，就多在身體的裝飾上用功夫。那些形形色色的髻子辮子都是女子在無聊生活中所結下來的果子。現在有好些愛裝飾的女子，梳一個頭就要費了大半天的工夫，可不是因為她們的工夫太富裕嗎？

由以上三種事情看來，女子要在新社會裡頭活動，必定先要把她們的服飾改換改換，才能夠配得上。不然，必要生

出許多障礙來。要改換女子的服飾，先要選定三種要素 ——

- **要合乎生理**：纏腳、束腰、結胸、穿耳自然是不合生理的。然而現在還有許多人不曾想到留髮也是不合生理的事情。我們想想頭顱是何等貴重的東西，豈忍得教它「納垢藏汙」嗎？要清潔，短的頭髮倒是很方便，若是長的呢？那就非常費事了。因為頭髮積垢，就用油去調整它；油用得越多，越容易收納塵土。塵土多了，自然會變成「黴菌客棧」，百病的傳布也要從那裡發生了。

- **要便於操作**：女子穿裙和留髮是很不便於操作的。人越忙越覺得時間短少，現在的女子忙的時候快到了，如果還是一天用了半天的工夫去裝飾身體，那麼女子的工作可就不能和男子平等了。這又是給反對婦女社會活動的人做口實了。

- **要不誘起肉慾**：現在女子的服飾常常和色情有直接的關係。有好些女子故意把她們的裝束弄得非常妖冶，那還離不開當自己做玩具的傾向。最好就是廢除等等有害的文飾，教凡身上的一絲一毫都有真美的價值，絕不是一種「賣淫性的美」就可以咧。

　　要合乎這三種要素，非得先和男子的服裝一樣不可，男子的服飾因為職業的緣故，自然是很複雜。若是女子能夠做

177

某種事業，就當和做那事業的男子的服飾一樣。平常的女子也就可以和平常的男子一樣。這種益處：一來可以泯滅性的區別；二來可以除掉等級服從的記號；三來可以節省許多無益的費用；四來可以得著許多有用的光陰。其餘的益處還多，我就不往下再說了。總之，女子的服飾是有改換的必要的，要改換非得先和男子一樣不可。

男子對於女子改裝的懷疑，就是怕女子顯出不斯文的模樣來。女子自己的懷疑，就是怕難於結婚。其實這兩種觀念都是因為少人敢放膽去做才能發生的。若是說女子「斷髮男服」起來就不斯文，請問個個男子都不斯文嗎？若說在男子就斯文，在女子就不斯文，那是武斷的話，可以不必辯了。至於結婚的問題是很容易解決的。從前鼓勵放腳的時候，也是有許多人懷著「大腳就沒人要」的鬼胎，現在又怎樣啦？若是個個人都要娶改裝的女子，那就不怕女子不改裝；若是女子都改裝，也不怕沒人要。

讀《芝蘭與茉莉》因而想及我的祖母

　　正要到哥倫比亞的檢討室裡校閱梵籍，和死和尚爭虛實，經過我的郵筒，明知每次都是空開的，還要帶著希望姑且開來看看。這次可得著一卷東西，知道不是一分鐘可以念完的，遂插在口袋裡，帶到檢討室去。

　　我正研究唐代佛教在西域衰滅的原因，翻起史太因在和闐所得的唐代文契，一讀馬令瓱同母黨二娘向護國寺僧虎英借錢的私契，婦人許十四典首飾契，失名人的典婢契等等，雖很有趣，但掩卷一想，恨當時的和尚只會營利，不顧轉法輪，無怪回紇一入，便爾掃滅無餘。

　　為釋迦文擔憂，本是大愚：會不知成、住、壞、空，是一切法性？不看了，掏出口袋裡的郵件，看看是什麼罷。

　　《芝蘭與茉莉》

　　這名字很香呀！我把紙筆都放在一邊，一氣地讀了半天工夫 —— 從頭至尾，一句一字細細地讀。這自然比看唐代死和尚的文契有趣。讀後的餘韻，常繞繚於我心中；像這樣的文藝很合我情緒的胃口似地。

　　讀中國的文藝和讀中國的繪畫一樣。試拿山水 —— 西洋

畫家叫做「風景畫」——來做個例：我們打稿（Composition）是鳥瞰的、縱的，所以從近處的溪橋，而山前的村落，而山後的帆影，而遠地雲山；西洋風景畫是水平的、橫的，除水平線上下左右之外，理會不出幽深的、綿遠的興致。所以中國畫宜於縱的長方，西洋畫宜於橫的長方，文藝也是如此：西洋人的取材多以「我」和「我的女人或男子」為主，故屬於橫的、夫婦的；中華人的取材多以「我」和「我的父母或子女」為主，故屬於縱的、親子的。描寫親子之愛應當是中華人的特長；看近來的作品，究其文心，都函這唯一義諦。

愛親的特性是中國文化的細胞核，除了它，我們早就要斷髮短服了！我們將這種特性來和西洋的對比起來，可以說中華民族是愛父母的民族；那邊歐西是愛夫婦的民族。因為是「愛父母的」，故敘事直貫，有始有終，源源本本、自自然然地說下來。這「說來話長」的特性——很和拔絲山藥一樣地甜熱而黏——可以從一切作品裡找出來。無論寫什麼，總有從盤古以來說到而今的傾向。寫孫悟空總得從猴子成精說起；寫賈寶玉總得從頑石變靈說起；這寫生生因果的好尚是中華文學的文心，是縱的，是親子的，所以最易抽出我們的情緒。

八歲時，讀《詩經·凱風》和〈陟岵〉，不曉得怎樣，眼淚沒得我的同意就流下來？九歲讀〈檀弓〉到「今丘也，東

西南北之人也」一段，伏案大哭。先生問我：「今天的書並沒給你多上，也沒生字，為何委屈？」我說：「我並不是委屈，我只傷心這『東西南北』四字。」第二天，接著念「晉獻公將殺其世子申生」一段，到「天下豈有無父之國哉？」又哭。直到於今，這「東西南北」四個字還能使我一念便傷懷。我嘗反省這事，要求其使我哭泣的緣故。不錯，愛父母的民族的理想生活便是在這裡生、在這裡長、在這裡聚族、在這裡埋葬，東西南北地跑當然是一種可悲的事了。因為離家、離父母、離國是可悲的，所以能和父母、鄉黨過活的人是可羨的。無論什麼也都以這事為準繩：做文章為這一件大事做，講愛情為這一件大事講，我才理會我的「上墳癮」不是我自己所特有，是我所屬的民族自盤古以來遺傳給我的。你如自己念一念「可愛的家鄉啊！我睡眼矇矓裡，不由得不樂意接受你歡迎的誠意。」和「明兒……你真要離開我了麼？」應作如何感想？

愛夫婦的民族正和我們相反。夫婦本是人為，不是一生下來就鑄定了彼此的關係。相逢盡可以不相識，只要各人帶著，或有了各人的男女慾，就可以。你到什麼地方，這慾跟到什麼地方；它可以在一切空間顯其功用，所以在文心上無需溯其本源，究其終局，乾乾脆脆，Just a word，也可以自成段落。愛夫婦的心境本含有一種舒展性和侵略性，所以樂得

東西南北，到處地跑。夫婦關係可以隨地隨時發生，又可以強侵軟奪，在文心上當有一種「霸道」、「喜新」、「樂得」、「為我自己享受」的傾向。

總而言之，愛父母的民族的心地是「生」；愛夫婦的民族的心地是「取」。生是相續的；取是廣延的。我們不是愛夫婦的民族，故描寫夫婦，並不為夫婦而描寫夫婦，是為父母而描寫夫婦。我很少見 —— 當然是我少見 —— 中國文人描寫夫婦時不帶著「父母的」的色彩；很少見單獨描寫夫婦而描寫得很自然的。這並不是我們不願描寫，是我們不慣描寫廣延性的文字的緣故。從對面看，縱然我們描寫了，人也理會不出來。

《芝蘭與茉莉》開宗第一句便是「祖母真愛我！」這已把我的心牽引住了。「祖母愛我」，當然不是愛夫婦的民族所能深味，但它能感我和〈檀弓〉差不了多少。「垂老的祖母，等得小孩子奉甘旨麼？」子女生活是為父母的將來，父母的生活也是為著子女，這永遠解不開的結，結在我們各人心中。觸機便發表於文字上。誰沒有祖父母、父母呢？他們的折磨、擔心，都是像夫婦一樣有個我性的麼？丈夫可以對妻子說：「我愛妳，故我要和妳同住」；或「我不愛妳，妳離開我罷。」妻子也可以說：「人盡可夫，何必你？」但子女對於父母總不能有這樣的天性。所以做父母的自自然然要為子

女擔憂受苦，做子女的也為父母之所愛而愛，為父母而愛為第一件事。愛既不為我專有，「事之不能盡如人意」便為此說出來了。從愛父母的民族眼中看夫婦的愛是為三件事而起，一是繼續這生生的線，二是往溯先人的舊典，三是承納長幼的情誼。

說起書中人的祖母，又想起我的祖母來了。「事之不能盡如人意者，夫復何言！」我的祖母也有這相同的境遇呀！我的祖母，不說我沒見過，連我父親也不曾見過，因為她在我父親未生以前就去世了。這豈不是很奇怪的麼？不如意的事多著呢！愛祖母的明官，你也願意聽聽我說我祖母的失意事麼？

八十年前，臺灣府——現在的臺南——城裡武館街有一家，八個兄弟同一個老父親同住著，除了第六、七、八的弟弟還沒娶以外，前頭五個都成家了。兄弟們有做武官的，有做小鄉紳的，有做買賣的。那位老四，又不做武官又不做紳士，更不會做買賣；他只喜歡念書，自己在城南立了一所小書塾名叫窺園，在那裡一面讀，一面教幾個小學生。他的清閒，是他兄弟們所羨慕，所嫉妒的。

這八兄弟早就沒有母親了。老父親很老，管家的女人雖然是妯娌們輪流著當，可是實在的權柄是在一位大姑手裡。這位大姑早年守寡，家裡沒有什麼人，所以常住在外家。因

為許多弟弟是她幫忙抱大的，所以她對於弟弟們很具足母親的威儀。

那年夏天，老父親去世了。大姑當然是「閫內之長」，要督責一切應辦事宜的。早晚供靈的事體，照規矩是媳婦們輪著辦的。那天早晨該輪到四弟婦上供了。四弟婦和四弟是不上三年的夫婦，同是二十多歲，情愛之濃是不消說的。

大姑在廳上嚷：「素官，今早該妳上供了。怎麼這時候還不出來？」

居喪不用粉飾面，把頭髮理好，也毋需盤得整齊，所以晨妝很省事。她坐在妝臺前，嚼檳榔，還吸一管旱菸。這是臺灣女人們最普遍的嗜好。有些女人喜歡學土人把牙齒染黑了，她們以為牙齒白得像狗的一樣不好看，將檳榔和著荖葉、熟灰嚼，日子一久，就可以使很白的牙齒變為漆黑。但有些人是喜歡白牙的，她們也嚼檳榔，不過把灰減去就可以。她起床，漱口後第一件事是嚼檳榔，為的是使牙齒白而堅固。外面大姑的叫喚，她都聽不見，只是嚼著；還吸著菸在那裡出神。

四弟也在房裡，聽見姐姐叫著妻子，便對她說：「快出去罷。姐姐要生氣了。」

「等我嚼完這口檳榔，吸完這口菸才出去。時候還早咧。」

184

「怎麼妳不聽姐姐的話？」

「為什麼要聽你姐姐的話？你為什麼不聽我的話？」

「姐姐就像母親一樣。丈夫為什麼要聽妻子的話？」

「『人未娶妻是母親養的，娶了妻就是妻子養的。』你不聽妻子的話，妻子可要打你，好像打小孩子一樣。」

「不要臉，哪裡來得這麼大的孩子！我試先打妳一下，看妳打得過我不。」老四帶著嬉笑的樣子，拿著拓扇向妻子的頭上要打下去。妻子放下菸管，一手搶了扇子，向著丈夫的額頭輕打了一下，「這是誰打誰了！」

夫婦們在殯前是要在孝堂前後的地上睡的，好容易到早晨同進屋裡略略梳洗一下，借這時間談談。他對於享盡天年的老父親的悲哀，自然蓋不過對於婚媾不久的夫婦的歡愉。所以，外頭雖然盡其孝思；裡面的「琴瑟」還是一樣地和鳴。中國的天地好像不許夫婦們在喪期裡有談笑的權利似地。他們在鬧玩時，門簾被風一吹，可巧被姐姐看見了。姐姐見她還沒出來，正要來叫她，從布簾飛處看見四弟婦拿著拓扇打四弟，那無明火早就高起了一萬八千丈。

「哪裡來的潑婦，敢打她的丈夫！」姐姐生氣嚷著。

老四慌起來了。他挨著門框向姐姐說：「我們鬧玩，沒有什麼事。」

「這是鬧玩的時候麼？怎麼這樣懦弱，教女人打了你，還替她說話？我非問她外家，看看這是什麼家教不可。」

他退回屋裡，向妻子伸伸舌頭，妻子也伸著舌頭回答他。但外面越呵責越厲害了。越呵責，四弟婦越不好意思出去上供；越不敢出去越要挨罵，妻子哭了。他在旁邊站著，勸也不是，慰也不是。

她有一個隨嫁的丫頭，聽得姑太越罵越有勁，心裡非常害怕。十三四歲的女孩，哪裡會想事情的關係如何？她私自開了後門，一直跑回外家，氣喘喘地說：「不好了！我們姑娘被她家姑太罵得很厲害，說要趕她回來咧！」

親家爺是個商人，頭腦也很率直，一聽就有了氣，說：「怎樣說得這樣容易 —— 要就取去，不要就扛回來？誰家養女兒是要受別人的女兒欺負的？」他是個雜貨行主，手下有許多工人，一號召，都來聚在他面前。他又不打聽到底是怎麼一回事，對著工人們一氣地說：「我家姑娘受人欺負了。你們替我到許家去出出氣。」工人一**轟**，就到了那有喪事的親家門前，大興問罪之師。

裡面的人個個面對面呈出驚惶的狀態。老四和妻子也相對無言，不曉得要怎辦才好。外面的人們來得非常橫逆，經兄弟們許多解釋然後回去。姐姐更氣得凶，跑到屋裡，指著

四弟婦大罵特罵起來。

「妳這潑婦，怎麼這一點點事情，也值得教外家的人來干涉？妳敢是依仗妳家裡多養了幾個粗人，就來欺負我們不成？難道妳不曉得我們詩禮之家在喪期裡要守制的麼？妳不孝的賤人，難道丈夫叫妳出來上供是不對的，妳就敢用扇頭打他？妳已犯七出之條了，還敢起外家來鬧？好，要吃官司，你們可以一同上堂去，請官評評。弟弟是我抱大的，我總可以做抱告。」

妻子才理會丫頭不在身邊。但事情已是鬧大了，自己不好再辯，因為她知道大姑的脾氣，越辯越惹氣。

第二天早晨，姐姐召集弟弟們在靈前，對他們說：「像這樣的媳婦還要得麼？我想待一會，就扛她回去。」這大題目一出來，幾個弟弟都沒有話說；最苦的就是四弟了。他知道「扛回去」就是犯「七出之條」時「先斬後奏」的辦法，就顫聲地向姐姐求情。姐姐鄙夷他說：「沒志氣的懦夫，還敢要這樣的婦人麼？她昨日所說的話我都聽見了。女子多著呢，日後我再給你挑個好的。我們已預備和她家打官司，看看是禮教有勢，還是她家工人的力量大。」

當事的四弟那時實在是成了懦夫了！他一點勇氣也沒有，因為這「不守制」、「不敬夫」的罪名太大了，他自己一

時也找不出什麼話來證明妻子的無罪，有赦免的餘地。他跑進房裡，妻子哭得眼都腫了。他也哭著向妻子說：「都是妳不好！」

「是，……是……我我……我不好，我對對……不起你！」妻子抽噎著說。丈夫也沒有什麼話可安慰她，只挨著她坐下，用手撫著她的脖項。

果然姐姐命人僱了一頂轎子，跑進房裡，硬把她扶出來，把她頭上的白麻硬換上一縷紅絲，送她上轎去了。這意思就是說她此後就不是許家的人，可以不必穿孝。

「我有什麼感想呢？我該有怎樣的感想呢？懦夫呵！你不配靦顏在人世，就這樣算了麼？自私的我，卻因為不貫徹無勇氣而陷到這種地步，夫復何言！」當時他心裡也未必沒有這樣的語言。他為什麼懦弱到這步田地？要知道他原不是生在為夫婦的愛而生活的地方呀！

王親家看見平地裡把女兒扛回來，氣得在堂上發抖。女兒也不能說什麼，只跪在父親面前大哭。老親家口口聲聲說要打官司，女兒直勸無需如此，是她的命該受這樣折磨的，若動官司只能使她和丈夫吃虧，而且把兩家的仇恨結得越深。

老四在守制期內是不能出來的。他整天守著靈想妻子。姐姐知道他的心事，多方地勸慰他。姐姐並不是深恨四弟

婦，不過她很固執，以為一事不對就事事不對，一時不對就永遠不對。她看「禮」比夫婦的愛要緊。禮是古聖人定下來，歷代的聖賢親自奉行的。婦人呢？這個不好，可以挑那個。所以夫婦的配合只要有德有貌，像那不德、無禮的婦人，盡可以不要。

　　出殯後，四弟仍到他的書塾去。從前，他每夜都要回武館街去的，自妻去後，就常住在窺園。他覺得一到妻子房裡冷清清地，一點意思也沒有，不如在書房伴著書眠還可以忘其愁苦。唉，情愛被壓的人都是要伴書眠的呀！

　　天色晚，學也散了。他獨在園裡一棵芒果樹下坐著發悶。妻子的隨嫁丫頭藍從園門直走進來，他雖熟視著，可像不理會一樣。等到丫頭叫了他一聲：「姑爺」，他才把著她的手臂，如見了妻子一般。他說：「妳怎麼敢來？……姑娘好麼？」

　　「姑娘命我來請你去一趟。她這兩天不舒服，躺在床上哪，她吩咐掌燈後才去，恐怕人家看見你，要笑話你。」

　　她說完，東張西望，也像怕人看見她來，不一會就走了。那幾點鐘的黃昏偏又延長了，他好容易等到掌燈時分！他到妻子家裡，丫頭一直就把他帶到樓上，也不敢教老親家知道。妻子的面比前幾個月消瘦了，他說：「我的……」，他說不下去了，只改過來說：「妳怎麼瘦得這個樣子！」

妻子躺在床上也沒起來，看見他還站著出神，就說：「為什麼不坐，難道你立刻要走麼？」她把丈夫揪近床沿坐下，眼對眼地看著。丈夫也想不出什麼話來說，想分離後第一次相見的話是很難起首的。

「妳是什麼病？」

「前兩天小產了一個男孩子！」

丈夫聽這話，直像喝了麻醉藥一般。

「反正是我的罪過大，不配有福分，連從你得來的孩子也不許我有了。」

「不要緊的，日後我們還可以有五六個。妳要保養保養才是。」

妻子笑中帶著很悲哀的神彩說：「痴男子，既休的妻還能有生子女的榮耀麼？」說時，丫頭遞了一盞龍眼乾甜茶來。這是臺灣人待生客和新年用的禮茶。

「怎麼給我這茶喝，我們還講禮麼？」

「你以後再娶，總要和我生疏的。」

「我並沒休妳。我們的婚書，我還留著呢。我，無論如何，總要想法子請妳回去的；除了妳，我還有誰？」

丫頭在旁邊插嘴說：「等姑娘好了，立刻就請她回去罷。」

他對著丫頭說：「說得很快，妳總不曉得姑太和妳家主人都是非常固執，非常喜歡賭氣，很難使人進退的。這都是妳弄出來的。事已如此，夫復何言！」

　　小丫頭原是不懂事，事後才理會她跑回來報信的關係重大。她一聽「這都是妳弄出來的」，不由得站在一邊哭起來。妻子哭，丈夫也哭。

　　一個男子的心志必得聽那寡後回家當姑太的姐姐使令麼？當時他若硬把妻子留住，姐姐也沒奈他何，最多不過用「禮教的棒」來打他而已。但「禮教之棒」又真可以打破人的命運麼？那時候，他並不是沒有反抗禮教的勇氣，是他還沒得著反抗禮教的啟示。他心底深密處也會像吳明遠那樣說：「該死該死！我既愛妹妹，而不知護妹妹；我既愛我自己，而不知為我自己著想；我負了妹妹，我誤了自己！事原來可以如人意，而我使之不能；我之罪惡豈能磨滅於萬一，然而赴湯蹈火，又何足償過失於萬一呢？你還敢說：『事已如此，夫復何言』麼？」

　　四弟私會出妻的事，教姐姐知道，大加申斥，說他沒志氣。不過這樣的言語和愛情沒有關係。男女相待遇本如大人和小孩一樣。若是男子愛他的女人，他對於她的態度、語言、動作，都有父親對女兒的傾向；反過來說，女人對於她所愛的男子也具足母親對兒子的傾向。若兩方都是愛者，他

們同時就是被愛者，那是說他們都自視為小孩子，故彼此間能吐露出真性情來。小孩們很願替他們的好朋友擔憂、受苦、用力；有情的男女也是如此。所以姐姐的申斥不能隔斷他們的私會。

妻子自回外家後，很悔她不該貪嚼一口檳榔，貪吸一管旱菸，致誤了靈前的大事。此後，檳榔不再入她的口，菸也不吸了。她要為自己的罪過懺悔，就吃起長齋來。就是她親愛的丈夫有時來到，很難得的相見時，也不使他挨近一步，恐怕玷了她的清心。她只以念經繡佛為她此生唯一的本分，夫婦的愛不由得不壓在心意的崖石底下。

十幾年中，他只是希望他岳丈和他姐姐的意思可以挽回於萬一。自己的事要仰望人家，本是很可憐的。親家們一個是執拗，一個是賭氣，因之光天化日的時候難以再得。

那晚上，他正陪姐姐在廳上坐著，王家的人來叫他。姐姐不許說：「四弟，不許你去。」

「姐姐，容我去看她一下罷。聽說她這兩天病得厲害，人來叫我，當然是很要緊的，我得去看看。」

「反正你一天不另娶，是一天忘不了那潑婦的。城外那門親給你講了好幾年，你總是不介意。她比那不知禮的婦人好得多 —— 又美、又有德。」

這一次，他覺得姐姐的命令也可以反抗了。他不聽這一套，逕自跑進屋裡，把長褂子一披，匆匆地出門。姐姐雖然不高興，也沒法揪他回來。

　　到妻子家，上樓去。她躺在床上，眼睛半閉著，病狀已很凶殘。他哭不出來，走近前，搖了她一下。

　　「我的夫婿，你來了！好容易盼得你來！我是不久的人了，你總要為你自己的事情打算；不要像這十幾年，空守著我，於你也沒有益處。我不孝已夠了，還能使你再犯不孝之條麼？──『不孝有三，無後為大。』」

　　「孝不孝是我的事；娶不娶也是我的事。除了妳，我還有誰？」

　　這時丫頭也站在床沿。她已二十多歲，長得越嫵媚、越懂事了。她的反省，常使她起一種不可言喻的傷心，使她覺得她永遠對不起面前這位垂死的姑娘和旁邊那位姑爺。

　　垂死的妻子說：「好罷，我們的恩義是生生世世的。你看她，」她撮嘴指著丫頭，用力往下說：「她長大了。事情既是她弄出來的，她得替我償還。」她對著丫頭說：「妳願意麼？」丫頭紅了臉，不曉得要怎樣回答。她又對丈夫說：「我死後，她就是我了。你如記念我們舊時的恩義，就請帶她回去，將來好替我……」，她把丈夫的手拉去，使他揸住丫頭的手，隨

說：「唉，子女是要緊的，她將來若能替我為你養幾個子女，我就把她從前的過失都寬恕了。」

妻子死後好幾個月，他總不敢向姐姐提起要那丫頭回來。他實在是很懦弱的，不曉怎樣怕姐姐會怕到這地步！

離王親家不遠住著一位老妗婆。她雖沒為這事擔心，但她對於事情的原委是很明了的。正要出門，在路上遇見丫頭，穿起一身素服，手挽著一竹籃東西，她問：「藍，妳要到哪裡去？」

「我正要上我們姑娘的墳去。今天是她的百日。」

老妗婆一手扶著杖，一手捏著丫頭的嘴巴，說：「妳長得這麼大了，還不回武館街去麼？」丫頭低下頭，沒回答她。她又問：「許家沒意思要妳回去麼？」

從前的風俗對於隨嫁的丫頭多是預備給姑爺收起來做二房的，所以妗婆問得很自然。丫頭聽見「回去」兩字，本就不好意思，她雙眼望著地上，搖搖頭，靜默地走了。

妗婆本不是要到武館街去的，自遇見丫頭以後，就想她是個長輩之一，總得贊成這事。她一直來投她的甥女，也叫四外甥來告訴他應當辦的事體。姐姐被妗母一說，覺得再沒有可固執的了，說：「好罷，明後天預備一頂轎子去扛她回來就是。」

四弟說：「說得那麼容易？要總得照著娶繼室的禮節辦；她的神主還得請回來。」

　　姐姐說：「笑話，她已經和她的姑娘一同行過禮了，還行什麼禮？神主也不能同日請回來的。」

　　老妗母說：「扛回來時，請請客，當作一椿正事辦也是應該的。」

　　他們商量好了，兄弟也都贊成這樣辦。「這種事情，老人家最喜歡不過」，老妗母在辦事的時候當然是一早就過來了。

　　這位再回來的丫頭就是我的祖母了。所以我有兩個祖母，一個是生身祖母，一個是常住在外家的「吃齋祖母」——這名字是母親給我們講祖母的故事時所用的題目。又「丫頭」這兩個字是我家的「聖諱」，平常是不許說的。

　　我又講回來了。這種父母的愛的經驗，是我們最能理會的。人人經驗中都有多少「祖母的心」、「母親」、「祖父」、「愛兒」等等事跡，偶一感觸便如懸崖瀉水，從盤古以來直說到於今。我們的頭腦是歷史的，所以善用這種才能來描寫一切的事故。又因這愛父母的特性，故在作品中，任你說到什麼程度，這一點總抹殺不掉。我愛讀《芝蘭與茉莉》，因為它是源源本本地說，用我們經驗中極普遍的事實觸動我。我

想凡是有祖母的人，一讀這書，至少也會起一種回想的。

書看完了，回想也寫完了，上課的鐘直催著。現在的事好像比往事要緊，故要用工夫來想一想祖母的經歷也不能了！大概她以後的境遇也和書裡的祖母有一兩點相同罷。

我的童年

延平郡王祠邊

　　小時候的事情是很值得自己回想的。父母的愛固然是一件永遠不能再得的寶貝，但自己的幼年的幻想與情緒也像爨爨的孤雲隨著旭日昇起以後，飛到天頂，便漸次地消失了。現在所留的不過是強烈的後像，以相反的色調在心頭映射著。

　　出世後幾年間是無知的時期，所能記的只是從家長們聽得關於自己的零碎事情，雖然沒什麼趣味，卻不妨記記實。在公元一八九三年二月十四日，正當光緒十九年十二月二十八底上午丑時，我生於臺灣臺南府城延平郡王祠邊的窺園裡。這園是我祖父置的。出門不遠，有一座馬伏波祠，本地人稱為馬公廟，稱我們的家為馬公廟許厝。我的乳母求官是一個佃戶的妻子，她很小心地照顧我。據母親說，她老不肯放我下地，一直到我會在桌上走兩步的時候，她才驚訝地嚷出來：「丑官會走了！」叔丑是我的小名，因為我是丑時生的。母親姓吳，兄弟們都稱她叫「嫗」，是我們幾弟兄跟著大哥這樣叫的，鄉人稱母親為「阿姐」、「阿姨」、「乃娘」，卻沒有稱「嫗」的，家裡叔伯兄弟們稱呼他們的母親，也不

是這樣，所以「嫗」是我們幾兄弟對母親所用的專名。

　　嫗生我的時候是三十多歲，她說我小的時候，皮膚白得像那剛退皮的小螳螂一般。這也許不是讚我，或者是由乳母不讓我出外晒太陽的原故。老家的光景，我一點印象也沒有。在我還不到一週年的時候，中日戰爭便起來了。臺灣的割讓，迫著我全家在一八九六年□日（原文空掉日子）離開鄉里。嫗在我幼年時常對我說當時出走的情形，我現在只記得幾件有點意思的，一件是她在要安平上船以前，到關帝廟去求籤，問問臺灣要到幾時才歸中國。籤詩回答她的大意說，中國是像一株枯楊，要等到它的根上再發新芽的時候才有希望。深信著臺灣若不歸還中國，她定是不能再見到家門的。但她永遠不了解枯樹上發新枝是指什麼，這謎到她去世時還在猜著。她自逃出來以後就沒有回去過。第二件可紀念的事，是她在豬圈裡養了一隻「天公豬」，臨出門的時候，她到欄外去看牠，流著淚對牠說：「公豬，你沒有福分上天公壇了，再見吧。」那豬也像流著淚，用那斷藕般的鼻子嗅著她的手，低聲嗚嗚地叫著。臺灣的風俗男子生到十三四歲的年紀，家人必得為他抱一隻小公豬來養著，等到十六歲上元日，把牠宰來祭上帝。所以管牠叫「天公豬」，公豬由主婦親自豢養的，三四年之中，不能叫牠生氣、吃驚、害病等。食料得用好的，絕不能把汙穢的東西給牠吃，也不能放牠出

去遊蕩像平常的豬一般。更不能容牠與母豬在一起。換句話，牠是一隻預備做犧牲的聖畜。我們家那隻公豬是為大哥養的。他那年已過了十三歲。她每天親自養牠，已經快到一年了。公豬看見她到欄外特別顯出親切的情誼。她說的話，也許牠能理會幾分。我們到汕頭三個月以後，得著看家的來信，說那公豬自從她去後，就不大肯吃東西，漸漸地瘦了，不到半年公豬竟然死了。她到十年以後還在想念著牠。她嘆息公豬沒福分上天公壇，大哥沒福分用一隻自豢的聖畜。故鄉的風俗男子生後三日剃胎髮，必在囟門上留一撮，名叫「囟鬃」。長了許剪不許剃，必得到了十六歲的上元日設壇散禮玉皇上帝及天宮，在神前剃下來。用紅線包起，放在香爐前和公豬一起供著，這是古代冠禮的遺意。

還有一件是嫗養的一雙絨毛雞。廣東叫做竹絲雞，很能下蛋。她打了一雙金耳環帶在牠的碧色的小耳朵上。臨出門的時候，她叫看家好好地保護牠。到了汕頭之後，又聽見家裡出來的人說，父親常騎的那匹馬被日本人牽去了。日本人把牠上了鐵蹄。牠受不了，不久也死了。父親沒與我們同走。他帶著國防兵在山裡，劉永福又要他去守安平。那時民主國的大勢已去，在臺南的劉永福，也沒有什麼辦法，只好預備走。但他又不許人多帶金銀，在城門口有他的兵搜查「走反」的人民。鄉人對於任何變化都叫做「反」。反朱

一貫，反戴萬生，反法蘭西，都曾大規模逃走到別處去。乙未年的「走日本反」恐怕是最大的「走」了。嫗說我們出城時也受過嚴密的檢查。因為走得太倉卒，現銀預備不出來。所帶的只有十幾條紋銀，那還是到大姑母的金鋪現兌的。全家人到城門口，已是擁擠得很。當日出城的有大伯父一支五口，四嬸一支四口，嫗和我們姐弟六口，還有楊表哥一家，和我們幾兄弟的乳母及家丁七八口，一共二十多人。先坐牛車到南門外自己的田莊裡過一宿，第二天才出安平乘竹筏上輪船到汕頭去。嫗說我當時只穿著一套夏布衣服；家裡的人穿的都是夏天衣服，所以一到汕頭不久，很費了事為大家做衣服。我到現在還彷彿地記憶著我是被人抱著在街上走，看見滿街上人擁擠得很，這是我最初印在我腦子裡的經驗。自然當時不知道是什麼，依通常計算雖叫做三歲，其實只有十八個月左右。一切都是很模糊的。

我家原是從揭陽移居於臺灣的。因為年代遠久，族譜裡的世系對不上，一時不能歸宗。爹的行止還沒一定，所以暫時寄住在本家的祠堂裡。主人是許子榮先生與子明先生二位昆季，我們稱呼子榮為太公，子明為三爺。他們二位是爹的早年的盟兄弟。祠堂在桃都的圍村，地方很宏敞。我們一家都住得很舒適。太公的二少爺是個秀才，我們稱他為杞南兄，大少爺在廣州經商，我們稱他做梅坡哥。祠堂的右邊是

杞南兄住著，我們住在左邊的一段。嫗與我們幾兄弟住在一間房。對面是四嬸和她的子女住。隔一個天井，是大伯父一家住。大哥與伯父的兒子們辛哥住伯父的對面房。當中各隔著一間廳。大伯的姨太清姨和遜姨住左廂房，楊表哥住外廂房，其餘乳母工人都在廳上打鋪睡。這樣算是在一個小小的地方安頓了一家子。

祠堂前頭有一條溪，溪邊有蔗園一大區，我們幾個小弟兄常常跑到園裡去捉迷藏；可是大人們怕裡頭有蛇，常常不許我們去。離蔗園不遠的地方還有一區果園，我還記得柚子樹很多。到開花的時候，一陣陣的清香教人聞到覺得非常愉快；這氣味好像現在還有留著。那也許是我第一次自覺在樹林裡遨遊。在花香與蜂鬧的樹下，在地上玩泥土，玩了大半天才被人叫回家去。

嫗是不喜歡我們到祠堂外去的，她不許我們到水邊玩，怕掉在水裡；不許到果園裡去，怕糟蹋人家的花果；又不許到蔗園去，怕被蛇咬了。離祠堂不遠通到村市的那道橋，非有人領著，是絕對不許去的，若犯了她的命令，除掉打一頓之外，就得受締佛的刑罰。締佛是從鄉人迎神賽會時把偶像締結在神輿上以防傾倒的意義得來的，我與叔庚被締的時候次數最多，幾乎沒有一天不「締」整個下午。

牛津的書蟲

　　牛津實在是學者的學國，我在此地兩年的生活盡用於波德林圖書館、印度學院，阿克關屋（社會人類學講室），及曼斯斐爾學院中，竟不覺歸期已近。

　　同學們每叫我做「書蟲」，定蜀嘗鄙夷地說我於每談論中，不上三句話，便要引經據典，「真正死路」！劉錯說：「你成日讀書，睇讀死你呀！」書蟲誠然是無用的東西，但讀書讀到死，是我所樂為。假使我的財力、事業能夠容允我，我誠願在牛津做一輩子的書蟲。

　　我在幼時已決心為書蟲生活。自破筆受業直到如今，二十五年間未嘗變志。但是要做書蟲，在現在的世界本不容易。須要具足五個條件才可以。五件者：第一要身體康健；第二要家道豐裕；第三要事業清閒；第四要志趣淡薄；第五要宿慧超越。我於此五件，一無所有！故我以十年之功只當他人一夕之業。於諸學問、途徑還未看得清楚，何敢希望登堂入室？但我並不因我的資質與境遇而灰心，我還是抱著讀得一日便得一日之益的心志。

　　為學有三條路向：一是深思，二是多聞，三是能幹。第一途是做成思想家的路向；第二是學者；第三是事業家。這

三種人同是為學，而其對於同一對象的理解則不一致。譬如有人在居庸關下偶然撿起一塊石頭，一個思想家要想他怎樣會在那裡，怎樣被人撿起來，和他的存在的意義。若是一個地質學者，他對於那石頭便從地質方面源源本本地說。若是一個歷史學者，他便要探求那石與過去史實有無的關係。若是一個事業家，他只想著要怎樣利用那石而已。三途之中，以多聞為本。我邦先賢教人以「博聞強記」，及教人「不學而好思，雖知不廣」的話，真可謂能得為學的正誼。但在現在的世界，能專一途的很少。因為生活上等等的壓迫，及種種知識上的需要，使人難為純粹的思想家或事業家。假使蘇格拉底生於今日的希臘，他難免也要寫幾篇關於近東問題的論文投到報館裡去賣幾個錢。他也得懂得一點汽車、無線電的使用方法。也許他也會把錢財存在銀行裡。這並不是因為「人心不古」，乃是因為人事不古。近代人需要等等知識為生活的資助，大勢所趨，必不能在短期間產生純粹的或深邃的專家。故為學要先多能，然後專攻，庶幾可以自存，可以有所貢獻。吾人生於今日，對於學問，專既難能，博又不易，所以應於上列三途中至少要兼二程。兼多聞與深思者為文學家。兼多聞與能幹的為科學家。就是說一個人具有學者與思想家的才能，便是文學家；具有學者與專業家的功能的，便是科學家。文學家與科學家同要具學者的資格所不同者，一

是偏於理解，一是偏於作用；一是修文，一是格物（自然我所用科學家與文學家的名字是廣義的）。進一步說，捨多聞既不能有深思，亦不能生能幹，所以多聞是為學根本。多聞多見為學者應有的事情，如人能夠做到，才算得過著書蟲的生活。當徬徨於學問的歧途時，若不能早自決斷該向哪一條路走去，他的學業必致如荒漠的砂粒，既不能長育生靈，又不堪製作器用。即使他能下筆千言，必無一字可取。縱使他能臨事多謀，必無一策能成。我邦學者，每不擅於過書蟲生活，在歧途上既不能慎自抉擇，復不虛心求教；過得去時，便充名士；過不去時，就變劣紳，所以我覺得留學而學普通知識，是一個民族最羞恥的事情。

我每覺得我們中間真正的書蟲太少了。這是因為我們當學生的多半窮乏，急於謀生，不能具足上說五種求學條件所致。從前生活簡單，舊式書院未變學堂的時代，還可以希望從領膏火費的生員中造成一二。至於今日的官費生或公費生，多半是虛擲時間和金錢的。這樣的光景在留學界中更為顯然。

牛津的書蟲很多，各人都能利用他的機會去鑽研，對於有學無財的人，各學院盡予津貼，未卒業者為「津貼生」，已卒業者為「特待校友」，特待校友中有一輩以讀書為職業的。要有這樣的待遇，然後可產出高等學者，在今日的中國

要靠著作度日是絕對不可能的，因社會程度過低，還養不起著作家。……所以著作家的生活與地位在他國是了不得，在我國是不得了！著作家還養不起，何況能養在大學裡以讀書為生的書蟲？這也許就是中國的「知識階級」不打而自倒的原因。

　　……

老鴉咀

　　無論什麼藝術作品，選材最難，許多人不明白寫文章與繪畫一樣，擅於描寫禽蟲的不一定能畫山水，擅於描寫人物的不一定能寫花卉，即如同在山水畫的範圍內，設色、取景、布局，要各有各的心胸才能顯出各的長處，文章也是如此。有許多事情，在甲以為是描寫的好材料，在乙便以為不足道，在甲以為能寫得非常動情，在乙寫來，只是淡淡無奇，這是作者性格所使然，是一個作家首應理會的。

　　窮苦的生活用顏色來描比用文字來寫更難，近人許多興到農村去畫甚麼饑荒、兵災，看來總覺得他們的藝術手段不夠，不能引起觀者的同感，有些只顧在色的渲染，有些只顧在畫面堆上種種觸目驚心的形狀，不是失於不美，便是失於過美。過美的，使人覺得那不過是一幅畫，不美的便不能引起人的快感，哪能成為藝術作品呢？所以「流民圖」一類的作品只是宣傳畫的一種，不能算為純正藝術作品。

　　近日上海幾位以洋畫名家而自詡為擅漢畫的大畫師、教授，每好作什麼英雄獨立圖、醒獅圖、駿馬圖。「雄雞一聲天下白」之類，借重名流如蔡先生、褚先生等，替他們吹噓，展覽會從亞洲開到歐洲，到處招搖，直失畫家風格。我

206

在展覽會見過的馬腿，都很像古時芝拉夫的雞腳，都像鶴膝，光與體的描畫每多錯誤，不曉得一般高明的鑑賞家何以單單稱賞那些，他們畫馬、畫鷹、畫公雞給軍人看，借此鼓勵鼓勵他們，倒也算是畫家為國服務的一法，如果說「沙龍」的人都贊為得未曾有的東方畫，那就失禮了。

當眾揮毫不是很高尚的事，這是走江湖人的伎倆。要人信他的藝術高超，所以得在人前表演一下。打拳賣膏藥的在人眾圍觀的時節，所演的從第一代祖師以來都是那一套。我赴過許多「當眾揮毫會」，深知某師必畫鳥，某師必畫魚，某師必畫鴉，樣式不過三四，尺寸也不過五六，因為畫熟了，幾撇幾點，一題，便成傑作，那樣，要好畫，真如煮沙欲其成飯了，古人雅集，興到偶爾，就現成紙帛一兩揮，本不為傳，不為博人稱賞，故隻字點墨，都堪寶貴，今人當眾大批製畫，傖氣滿紙，其術或佳，其藝則泑。

畫面題識，能免則免，因為字與畫無論如何是兩樣東西，借幾句文詞來烘托畫意，便見作者對於自己藝術未能信賴，要告訴人他畫的都是什麼，有些自大自滿的畫家還在紙上題些不相干的話，更是傻頭。古代傑作，都無題識，甚至作者的名字都沒有。有的也在畫面上不相干的地方，如樹邊石罅、枝下等處淡淡地寫個名字，記個年月而已。今人用大字題名題詩詞，記跋，用大圖章，甚至題占畫面十分之

七八，我要問觀者是來讀書還是讀畫？有題記癮的畫家，不妨將紙分為兩部分，一部作畫，一部題字，界限分明，才可以保持畫面的完整。

近人寫文喜用「三部曲」為題，這也是洋八股。為什麼一定要「三部」？作者或者也莫名其妙，像「憧憬」是什麼意思，我問過許多作者，除了懂日本文的以外，多數不懂，只因人家用開，順其大意，他們也跟著用起來，用三部曲為題的恐怕也是如此。

窺園先生詩傳

　　華人移居臺灣最早的，據日本所傳，有秦始皇二十八年徐福率童男女移住夷州和亶州的事情。夷州是臺灣；亶州是小呂宋。自秦以後，漢的東鯷，隋的流求、掖玖，唐的流鬼、澎湖，元的琉求、澎湖、波羅公，都是指臺灣而言，但歷代移民的有無，則不得而知。唐元和間，施肩吾有詠澎湖的詩，為澎湖見於文藝的第一次。有人說施肩吾率領家人移住澎湖，確與不確，也無從證明。宋元以來，閩粵人渡海移居臺灣的漸多。明初因為防禦海盜和倭寇，曾令本島居民悉移漳泉二州，但居留人數並未見得減少。當嘉靖四十二年，俞大猷追海盜入臺灣以前，七鯤身，鹿耳門沿岸的華民已經聚成村落。這些從中國到臺灣的移民，大概可以分為五種：一是海盜，二是漁戶，三是賈客，四是規避重斂的平民，五是海盜或倭寇的俘虜。嘉靖中從廣東揭陽移到赤嵌（臺南）居住的許超便是窺園先生的入臺一世祖。這家的職業，因為舊家譜於清道光年間毀掉，新譜並未載明，故不得而知。從家庭的傳說，知道一世祖是蒙塾的師傅。若依上頭移民的種類看來，他或者是屬於第四或第五種人。自荷蘭人占據以後，名臺灣為麗都島（花摩娑），稱赤嵌為毗舍那（或作毗

舍耶），建城築堡，辟港刊林，政治規模略具，人民生活漸饒。許氏一家，自移殖以來到清嘉慶年間，宗族還未分居，並且各有職業。窺園先生的祖父永喜公是個秀才，因為兄弟們都從事生產，自己便教育幾個學生，過他的書生生活。他前後三娶，生子八人。子侄們，除廷樂公業農，特齋公（諱延璋）業儒以外，其餘都是商人。道光中葉，許家兄弟共同經營了四間商店，是金珠、布匹、鞋帽，和鴉片菸館。不幸一夜的大火把那幾間店子燒得精光，連家譜地契都毀掉。家產蕩盡，兄弟們才鬧分居。特齋公因此分得西定坊武館街火燼餘的鞋店為業。咸豐五年十月初五日，特齋公在那破屋裡得窺園先生。因為那間房子既不宜居住，更不宜做學塾的用處，在先生六歲時候，特齋公便將武館街舊居賣掉，另置南門裡延平郡王祠邊馬公廟住宅，建學舍數楹。舍後空地數畝，任草木自然滋長，名為窺園，取董子下帷講誦，三年不窺園的意思。特齋公自在宅中開館授徒，不久便謝世，遺下窺園給他的四個兒子。

窺園先生諱南英，號蘊白或允白。窺園主人，留髮頭陀，龍馬書生，毗舍耶客，春江冷宦，都是他的自號。自特齋公歿後，家計專仗少數田產，藍太恭人善於調度，十數年來，諸子的學費都由她一人支持。先生排行第三，十九歲時，伯兄梓修公為臺灣府吏，仲兄炳耀公在大穆降辦鹽務，

以所入助家用。因為兄弟們都已成人，家用日絀，先生也想跟他二兄學賣鹽去。謝憲章先生力勸他勉強繼續求學，於是先生又跟謝先生受業。先生所往來的都是當時教大館的塾師，學問因此大進。吳樵山先生也是在這幾年間認識的。當時在臺灣城教學的前輩對於先生的品格學問都很推許。二十四歲，先生被聘去教家塾，不久，自己又在窺園裡設一個學塾，名為聞樨學舍。當時最常往來的親友是吳樵山（子雲）、陳卜五、王泳翔、施雲舫（士潔）、丘仙根（逢甲）、汪杏泉（春源）、陳省三（望曾）、陳梧岡（日翔）諸先生。他的詩人生活也是從這個時候起。

自二十四到三十五歲，先生都以教學為業。光緒丙戌初到北京會試，因對策陳述國家危機所在，文章過於傷感，考官不敢錄取。己丑再赴試，又因評論政治得失被放。隔年，中恩科會魁，授兵部車駕清吏司主事職。先生的志向本不在做官，只望成了名，可以在本鄉服役。他對於臺灣的風物知道很多，紳民對他也很有信仰，所以在十二月間他便回籍服役。

先生二十三歲時，遵吳樵山先生的遺囑，聘他的第三女（諱慎），越三年，完婚。夫婦感情，直到命終，極其融洽。在三十三歲左右，偶然認識臺南一個歌伎吳湘玉，由憐生愛，屢想為她脫籍。兩年後，經過許多困難，至終商定納她

為妾,湘玉喜過度,不久便得病。她的母親要等她痊癒才肯嫁她。在抑鬱著急的心境中,使她病加劇,因而夭折。她死後,先生將遺骸葬在荔支宅。湘玉的母親感激他的情誼,便將死者的婢女吳遜送給他。他並不愛戀那女子,只為湘玉的緣故收留她。本集裡的情詞多半是懷念湘玉的作品。

臺灣於光緒十一年改設行省,以原臺灣府為臺南府,臺灣縣為安平縣。自設省後,所有新政漸逐推行。先生對於新設施都潛心研究。每以為機器、礦務或其他實業都應自己學會了自己辦,異族絕靠不住。自庚寅從北京回籍,臺南官紳舉他管理聖廟樂局事務。安平陳縣令聘他做蓬壺書院山長,辭未就,因為他願意幫助政府辦理墾土化番的事業。他每深入番社,山裡的番漢人多認識他。甲午年春,唐巡撫聘他當臺灣通志局協修,凡臺南府屬的沿革風物都由他彙纂。中日開戰,省府改臺南採訪局為團練局,以先生充統領領兩營兵。黃海之敗,中樞當局以為自改設臺灣行省以來,五六年間,所有新政都要經費,不但未見利益,甚且要賠墊許多幣金。加以臺灣民眾向有反清復明的傾向,不易統治,這或者也是決意割讓的一個原因。那時人心惶惶,希望政府不放棄臺灣,而一些土棍便想乘著官吏與地權交代的機會從中取利。有些唱「跟父也是吃飯,跟母也是吃飯」的論調,意思是歸華歸日都可以。因此,民主國的建設雖然醞釀著,而人

心並未一致。住近番地的漢人與番人又乘機混合起來擾亂，臺南附近有劉烏河的叛變。一重溪、菜寮、拔馬、錫猴、木岡、南莊、半平橋、八張犁，諸社都不安靜。先生領兵把匪徒蕩平以後，分兵屯防諸社。

乙未三月，中日和約簽定。依約第二條，臺灣及澎湖群島都割歸日本，臺灣紳民反對無效，因是積極籌建民主國，舉唐巡撫為大伯理璽天德，以元武旗（藍地黃虎）為國旗。軍民諸政先由劉永福，丘逢甲諸人擔任，等議院開後再定國策。那時，先生任籌防局統領，仍然屯兵番社附近諸隘。日本既與我國交換約書於芝罘，遂任樺山資紀為臺灣總督，會見我全權李經方於基隆港外，接收全島及澎湖群島。七月，基隆失守，唐大伯理璽天德乘德輪船逃廈門，日人遂入臺北。當基隆告急時，先生率臺南防兵北行，到阿里關，聽見臺北已失，乃趕回臺南。劉永福自己到安平港去布防，令先生守城。先生所領的兵本來不多，攻守都難操勝算，當時人心張皇，意見不一，故城終未關，任人逃避。先生也有意等城內人民避到鄉間以後，再請兵固守。八月，嘉義失守，劉永福不願死戰，致書日軍求和，且令臺南解嚴，先生只得聽命。和議未成，打狗、鳳山相繼陷，劉永福遂挾兵餉官幣數十萬乘德船逃回中國。舊曆九月初二日，安平炮臺被占，大局已去，丘逢甲也棄職，民主國在實際上已經消滅，城中紳

商都不以死守為然，力勸先生解甲。因為兵餉被劉提走，先生便將私蓄現金盡數散給部下。幾個弁目把他送出城外。九月初三日，日人入臺南。本集裡，辛丑所作《無題》便是記當日劉帥逃走和他不能守城的憤恨。又，乙未《寄臺南諸友》也是表明他的心跡的作品。

　　民主國最後根據地臺南被占領後，日人懸像編索先生。鄉人不得已，乃於九月初五日送先生到安平港，漁人用竹筏載他上輪船。窺園詞中《憶舊》是敘這次的事。日人登船搜尋了一遍，也沒把他認出來。先生到廈門少住，便轉向汕頭，投宗人子榮子明二位先生的鄉里，距浦不遠的桃都。子榮先生勸先生歸宗，可惜舊家譜不存，入臺一世祖與揭陽宗祠的關係都不得而知，這事只得罷論。子榮昆季又勸先生到南洋去換換生活。先生的旅費都是他們贈與。他們又把先生全家從臺灣接到桃都，安置在宗祠邊的別莊裡。從此以後，先生的子孫便住在中國，其餘都留在臺灣。

　　先生在新加坡，曼谷諸地漫遊，足夠兩年。囊金蕩盡，迫著他上了宦途。但回到兵部當差既不可能，於是「自貶南交為末史」去了。先生到北京投供吏部，自請開去兵部職務，降換廣東即用知縣，加同知銜。他願意到廣東，一因是祖籍，二因朋友多。又因漳州與潮州比鄰，語言風俗多半相同，於是寄籍為龍溪縣人。從北京南下，到桃都把家眷帶到

廣州，住藥王廟興隆坊。丁酉戊戌兩年中幫廣州周知府與番禺裴縣令評閱府縣試卷。己亥，委隨潮州鎮總兵黃金福行營到惠潮嘉一帶辦理清鄉事務。庚子，廣州陳知府委總校廣州府試卷。不久，又委充佛山汾水稅關總辦，辛丑，由稅關調省，充鄉試閱卷官。試畢，委署徐聞縣知縣。這是他當地方官的第一遭。

　　徐聞在雷州半島南端，民風醇樸。先生到任後，全縣政事，只用一位刑名師爺助理，其餘會計錢糧諸事都是自己經理。每旬放告，輕的是偷雞剪鈕，重的也不過是爭田賴債。殺人越貨，罕有所聞。「訟庭春草蔭層層，官長真如退院僧」，實在是當時光景。貴生書院山長楊先生退任，先生改書院為徐聞小學堂，選縣中生員入學。邑紳見先生熱心辦學，乃公聘先生為掌教，每旬三六九日到堂講經史二時。有清以來，縣官兼書院掌教實是罕見。先生時到小學堂，與學生多有接觸，因此對於縣中人情風俗很能了解。先生每以「生於憂患，死於晏安」警策學生。又說：「人當奮勉，寸暑不懈，如耽逸樂，則放僻邪侈，無所不為。到那時候，身心不但沒用，並且遺害後世。」他又以為人生無論做大小事，當要有些建樹，才對得起社會，「生無建樹死嫌遲」也是他常說的話。案頭除案卷外，時常放一冊白紙本子，如於書中見有可以警發深思德行的文句便抄錄在上頭，名為補過錄，每

年完二三百頁。可惜三十年來浮家處處，此錄喪失幾盡，我身邊只存一冊而已。縣衙早已破毀，前任縣官假借考棚為公館，先生又租東鄰三官祠為兒輩書房。公餘有暇，常到書房和徐展雲先生談話，有時也為兒輩講國史。先生在徐聞約一年，全縣紳民都愛戴他。

光緒二十九年，廣東鄉試，先生被調入內簾。試畢，復委赴欽州查辦重案。回省消差後，大吏以先生善治盜，因陽春陽江連年鬧匪，乃命他緩赴三水縣本任，調署陽春縣知縣。到陽春視事，僅六個月，對於匪盜，剿撫兼施，功績甚著，乃調任陽江軍民同知兼辦清鄉事務。在陽江三年，與陽江游擊柯王貴會剿土匪，屢破賊巢，柯公以功授副將，加提督銜；先生受花翎四品頂戴的賞。陽江新政自光緒三十年由先生漸逐施行，最重要的是遣派東洋留學生造專門人材，改濂溪書院為陽江師範傳習所以養成各鄉小學教員，創辦地方巡警及習藝所。

光緒三十二年秋，改陽江為直隸州，領恩平，陽春二縣。七月初五日，習藝所罪犯越獄，劫監倉羈所犯人同逃。那時，先生正下鄉公幹，何游擊於初五早晨也離城往別處去。所長莫君人雖慈祥，卻乏幹才，平時對於所中犯人不但未加管束，並且任外人隨時到所探望。所中犯人多半是礦犯，徒刑重者不過十五年，因此所長並沒想到他們會反監。

初五日下午，所中犯人突破獄門，登監視樓，奪守崗獄卒槍械，擁所長出門。游擊衙門正在習藝所旁邊，逃犯們便擁進去，奪取大堂的槍枝和子彈。過監倉和羈所，復破獄門，迫守卒解放群囚。一時城中秩序大亂，經巡警，和同知衙門親兵力擊，匪犯乃由東門逃去，棄置莫君於田間。這事情本應所長及游擊負責，因為先生身兼清鄉總辦，不能常駐城中，照例同知離城，游擊便當留守。而何游擊竟於初五早離城，致亂事起時，沒人負責援救。初六日，先生自鄉間趕回，計逃去重犯數十名，輕罪徒犯一百多名，乃將詳情申報上司，對於游擊及所長瀆職事並未聲明。部議開去三水本任，撤職留緝。那時所中還有幾十名不願逃走的囚徒，先生由他們知道逃犯的計畫和行徑，不出三個月，捕回過半。於是捐復翎頂，回省候委。十二月，委辦順德縣清鄉事務，隨即委解京餉。丙午丁未兩年間可以說是先生在宦途上最不得意的時候。他因此自號春江冷宦。從北京回廣州，過香港，有人告訴他陽江越獄主犯利亞摩與同伴都在本島當勞工，勸他請省府移文逮捕歸案。先生說：「上天有好生之德，我所以追捕逃犯，是怕他們出去仍為盜賊害民。現在他們既然有了職業，當要給他們自新的機會，何必再去捕殺他們呢？況且我已為他們擔了處分，不忍再借他們的脂血來堅固自己的職位。任他們自由罷。」

　　光緒三十三年五月赴三水縣任。三年之中，力除秕政。向例各房吏目都在各房辦公，時間無定，甚至一件小案，也得遷延時日。先生乃於二堂旁邊設縣政辦公室，每日集諸房吏在室內辦公，自己也到室簽押。舞弊的事頓減，人民都很愉快。縣中巨紳，多有豢養世奴的陋習，先生嚴禁販賣人口，且促他們解放群奴，因此與多數紳士不協，辦事甚形棘手。縣屬巨姓械鬥，鬧出人命，先生秉公辦理，兩造爭獻賄賂，皆被嚴辭謝絕。他一生引為不負國家的兩件事，一是除民害，一是不愛錢。《和耐公六十初度》便是他的自白之一。當時左右勸他受兩造賂金，既可以求好巨紳，又可以用那筆款去買好缺或過班。賄賂公行三十年來公開的事情。拜門、鑽營、饋贈，是官僚升職的唯一途徑。先生卻恨這些事情，不但不受賄，並且嚴辦說項的人。他做了十幾年官，未嘗拜過誰的門，也未曾為求差求缺用過一文錢。對於出仕的看法，他並不從富貴著想。他嘗說：「一個人出仕，不做廊廟宰，當做州縣宰。因為廊廟宰親近朝廷，一國人政容我籌措；州縣宰親近人民，群眾利害容我乘除。這兩種才是真能為國效勞的宰官。」他既為公事得罪幾個巨紳，便想辭職，會授電白縣，乃卸事回省。將就新任，而武昌革命軍起，一月之間，閩粵響應。先生得漳州友人電召回漳，被舉為革命政府民事局長。不久，南北共和，民事局撤消，先生乃退居海澄

218

縣屬海滄墟，號所居為借滄海居。

　　住在海滄並非長策，因為先生全家所存現款只剩那用東西向汕頭交通銀行總辦押借的五百元。從前在廣州，凡有需要都到子榮先生令嗣梅坡先生行裡去通融。在海滄卻是舉目無親，他的困難實在難以言喻。陳梧岡先生自授祕魯使臣後，未赴任，蟄居廈門，因清鼎革，想邀先生落髮為僧，或於虎溪岸邊築室隱居。這兩事都未成功。梧岡先生不久也謝世了。

　　臺灣親友請先生且回故鄉，先生遂帶著叔午叔未同行。臺南南莊山林尚有一部分是先生的產業。親友們勸他遣一兩個兒子回臺入日籍，領回那一大片土地。叔未本有日籍，因為他是庶出，先生不願將這產業全交在他的手裡，但在華諸子又沒有一個不願回鄉入籍。先生於是放棄南莊山林，將所餘分給留臺族人，自己仍然回到廈門。在故鄉時，日與詩社諸友聯吟，住在親戚吳筱霞先生園中。馬公廟窺園前曾賃給日本某會社為宿舍，家人仍住前院，這時因為修築大道定須拆讓。先生還鄉，眼見他愛的梅花被移，舊居被夷為平地，窺園一部分讓與他人，那又何等傷心呢！

　　借滄海居地近市集，不宜居住，家人仍移居龍溪縣屬石美黃氏別莊。先生自臺南回國後，境遇越苦，恰巧同年舊友張元奇先生為福建民政長，招先生到福州。張先生意思要任

他為西路觀察使，他辭不勝任，請任為龍溪縣知事。這仍是
他「不做廊廟宰當做州縣宰」的本旨。他對民國前途很有希
望，但不以武力革命為然。這次正式為民國官吏，本想長做
下去，無奈官範民風越來越壞，豪紳劣民動借共和名義，牽
制地方行政。就任不久，因為禁止私鬥和勒拔菸苗事情為當
地豪劣所忌，捏詞上控先生侵吞公款。先生因請卸職查辦。
省府查不確，諸豪劣畏罪，來求先生免予追究。先生於談笑
中表示他的大度。從此以後，先生便決計不再從政了。

　　卸任後，兩袖清風，退居漳州東門外管厝巷。諸子中，有
些學業還未完成，有些雖能自給，但也不很豐裕。民國四年，
林叔臧先生組織詩社，聘先生為社友，月給津貼若干，以此，
先生個人生活稍裕，但家境困難仍未減少。故友中有勸他入京
投故舊謀差遣的，有勸他回廣東去的。當時廣東省長某為先生
任陽春知縣時所招撫的一人。柯參將幕客彭華絢先生在省公署
已得要職，函召先生到廣州，說省長必能以高位報他。先生對
家人說：「我最恨食人之報，何況他從前曾在我部屬，今日反
去向他討啖飯地，豈不更可恥嗎？」至終不去。

　　民國五年移居大岸頂。四月，因廈門日本領事的邀請，
回臺參與臺灣勸業共進會，復與舊友周旋數月。因游關嶺，
輕便車出軌，先生受微傷，在臺南休養。那時，蘇門答拉棉
蘭城華僑市長張鴻南先生要聘人給他編輯服官三十五年事

略，林叔臧先生薦先生到那裡去，先生遂於重陽日南航。這樣工作預定兩年，而報酬若干並未說明。先生每月應支若干，既不便動問，又因隻身遠行，時念鄉里，以此居恆鬱鬱，每以詩酒自遣。加以三兒學費，次女嫁資都要籌措，一年之間，精神大為沮喪，扶病急將張君事略編就，希望能夠帶些酬金回國。不料歐戰正酣，南海航信無定，間或兩月一期。先生候船久，且無所事，越縱飲，因啖水果過多，得痢疾。民國六年，舊曆十一月十一日丑時卒於寓所，壽六十三歲。林健人先生及棉蘭友人於市外買地數弓把先生的遺骸安葬在那裡。

先生生平以梅自況，酷愛梅花，且能為它寫照。在他的題畫詩中，題自畫梅花的詩占五分之三。對人對己並不裝道學模樣。在臺灣時發起崇正社，以崇尚正義為主旨，時時會集於竹溪寺，現在還有許多社友。他的情感真摯，從無虛飾。在本集裡，到處可以看出他的深情。生平景仰蘇黃，且用「山谷」二字字他的諸子。他對於新學追求甚力，凡當時報章雜誌，都用心去讀。凡關於政治和世界大勢的論文，先生尤有體會的能力。他不怕請教別人，對於外國文字有時問到兒輩。他的詩中用了很多當時的新名詞，並且時時流露他對於國家前途的憂慮，足以知道他是個富於時代意識的詩人。

　　這《留草》是從先生的未定本中編錄出來。割臺以前的詩詞多半散失，現存的都是由先生的記憶重寫出來，因而寫詩的時間不能斷定。本書的次序是比較詩的內容和原稿的先後編成的。還有原稿刪掉而編者以為可以存的也重行抄入。原稿殘缺，或文句不完的，便不錄入。原稿更改或擬改的字句便選用其中編者以為最好的。但刪補總計不出十首，仍不失原稿的真面目。在這《留草》裡，先生歷年所作以王子年為最多，其次為丙辰年。所作最多為七律，計四百七十五首；其次，七絕三百三十五首，五律一百三十二首，五絕三十八首，五古三十五首，七古二十三首，其他二首，總計一千零三十九首。在《留草》後面附上《窺園詞》一卷，計五十九闋。詞道，先生自以為非所長，所以存的少。現在所存的詞都是先生在民國元年以後從舊日記或草稿中選錄的，所以也沒有次序。次序也是編者定的。

　　自先生歿後，親友們便敦促刊行他的詩草。民國九年我回漳州省母，將原稿帶上北京來。因為當時所入不豐，不能付印，只抄了一份，將原稿存在三兄敦谷處。民國十五秋，革命軍北伐武昌，飛機彈毀敦谷住所，家中一切皆被破壞。事後於瓦礫場中搜出原稿完整如故，我們都非常喜歡，敦谷於十五年冬到上海。在那裡，將這全份稿本交給我。這幾年來每想精刊全書，可惜限於財力，未能如願。近因北京瀕陷

於危，怕原稿化成劫灰，不得已，草率印了五百部。出版的時候，距先生歿已十六年，想起來，真對不起他。這部《留草》的刊行，承柯政和先生許多方面的幫助，應當在這裡道謝。

作傳，在原則上為編者所不主張。但上頭的傳只為使讀者了解詩中的本事與作者的心境而作，並非褒揚先人的行述或哀啟，所以前頭沒有很恭敬的稱呼，也沒請人「頓首填諱」，後頭也不加「泣血稽顙謹述」。至於傳中所未舉出的，即與詩草內容沒有什麼關係或詩注中已經詳說的事情。讀者可以參看先生的《自定年譜》。年譜中的〈臺灣大事〉與〈記事〉中的存詩統計也是編者加入的。

談《菜根譚》

　　大公晚報近日連刊一部舊書名叫《菜根譚》。這部書對於個人的修養上很有益處。在十四歲的時候，我第一次讀它，到現在還有好些教訓盤據在心中。我最初讀的是一部日本人著的《菜根譚通解》，當時雖不全看得懂，卻也了解了不少。

　　這書是明朝萬曆年間的洪應明所著的。應明字自誠，號還初道人，家世事業，無傳可稽。他的著作現存的有《仙佛奇蹤》四卷和《菜根譚》二卷。《仙佛奇蹤》、《四庫全書》收入小說家類，前二卷記仙事，後二卷記佛事，可知作者是個精研佛道的人。這書與《菜根譚》一卷同被收入民國十六年涉園排歸的《喜詠軒叢書》戊編裡。《菜根譚》的刊本很多，內容也有增減。道光十三年北京紅螺山資福寺翻刻乾隆三十三年岫雲寺本，名《重刻增訂菜根譚》分為五篇：〈修省〉四十二章、〈應酬〉五十八章、〈評議〉五十二章、〈閒適〉五十章、〈概論〉二百零三章，共四百零五章。光緒二年刊本分為前後集二卷，前集說處世要訣，二百四十章，後集示守靜修德的要諦，一百三十四章。全書共三百五十八章。各刊本的章數頗有加減，我所見最多的是岫雲寺本。

《菜根譚》的命名是取宋汪革所說「能咬得菜根斷，則百事可做」的語意。全書咀嚼儒釋道三教的要旨，教人以處世與自處的方法。論它的性質是格言；論它的談吐是從晉代的清談演變出來的。自誠能把三教教理融溶在一起，讀起來感覺得作者的文章的超脫而有風韻。全書用押韻與對類寫成，辭句的秀麗，意義的幽奧。真可以令人一誦一擊節，一讀一深思。不過裡頭有些是消極的格言與閒人的哲學，很不適於向上思想的。〈評議〉第二十章：「廉官多無後，以其太清也。痴人每多福，以其近厚也。故君子雖重廉介，不可無含垢納汙之雅量。雖戒痴頑，亦不必有察淵洗垢之精明。」〈應酬〉第三十八章：「隨緣便是遣緣，似舞蝶與飛花共適。順事自然無事，若滿月偕盂水同圓。」〈閒適〉第二章：「世事如棋局，不著的才是高手。人生似瓦盆，打破了方見真空。」第五十章：「夜眠八尺，日啖二升，何須百般計較？書讀五車，才分八斗，未聞一日清閒。」諸如此類的文句很多，讀過了很易令人發起消極的反感，所以我主張選載比較全刊好些。

一九四六年十一月

上景山

　　無論哪一季，登景山最合宜的時間是在清早或下午三點以後。晴天，眼界可以望朦朧處；雨天，可以賞雨腳的長度和電光的迅射；雪天，可以令人咀嚼著無色界的滋味。

　　在萬春亭上坐著，定神看北上門後的馬路（從前路在門前，如今路在門後）盡是行人和車馬，路邊的梓樹都已掉了葉子。不錯，已經立冬了，今年天氣可有點怪，到現在還沒凍冰。多謝芰荷的業主把殘莖都去掉，教我們能看見紫禁城外護城河的水光還在閃爍著。

　　神武門上是關閉得嚴嚴地。最討厭的是樓前那枝很長的旗杆，侮辱了全個建築的莊嚴。門樓兩旁樹它一對，不成嗎？禁城上時時有人在走著，恐怕都是外國的旅人。

　　皇宮一所一所排列著非常整齊。怎麼一個那麼不講紀律的民族，會建築這麼嚴整的宮廷？我對著一片黃瓦這樣想著。不，說不講紀律未免有點過火，我們可以說這民族是把舊的紀律忘掉，正在找一個新的咧。新的找不著，終究還要回來的。北京房子，皇宮也算在裡頭，主要的建築都是向南的，誰也沒有這樣強迫過建築者，說非這樣修不可。但紀律因為利益所在，在不言中被遵守了夏天受著解慍的薰風，冬

天接著可愛的暖日，只要守著蓋房子的法則，這利益是不用爭而自來的。所以我們要問在我們的政治社會裡有這樣的熏風和暖日嗎？

最初在崖壁上寫大字銘功的是強盜的老師，我眼睛看著神武門上的幾個大字，心裡想著李斯。皇帝也是強盜的一種，是個白痴強盜。他搶了天下把自己監禁在宮中，把一切寶物聚在身邊，以為他是富有天下。這樣一代過一代，到頭來還是被他的糊塗奴僕，或貪婪臣宰，討、瞞、偷、換，到連性命也不定保得住。這豈不是個白痴強盜？在白痴強盜的下才會產出大盜和小偷來。一個小偷，多少總要有一點跳女牆鑽狗洞的本領，有他的禁忌，有他的信仰和道德。大盜只會利用他的奴性去請託攀緣，自讚讚他，禁忌固然沒有，道德更不必提。誰也不能不承認盜賊是寄生人類的一種，但最可殺的是那班為大盜之一的斯文賊。他們不像小偷為延命去營鼠雀的生活；也不像一般的大盜，憑著自己的勇敢去搶天下。所以明火打劫的強盜最恨的是斯文賊。這裡我又聯想到張獻忠。有一次他開科取士，檄諸州舉貢生員，後至者妻女充院，本犯剝皮，有司教官斬，連坐十家。諸生到時，他要他們在一丈見方的大黃旗上寫個帥字，字畫要像鬥的粗大，還要一筆寫成。一個生員王志道縛草為筆，用大缸貯墨汁將草筆泡在缸裡，三天，再取出來寫，果然一筆寫成了。他以

為可以討獻忠的喜歡，誰知獻忠說：「他日圖我必定是你。」立即把他殺來祭旗。獻忠對待念書人是多麼痛快。他知道他們是寄生的寄生。他的使命是來殺他們。

東城西城的天空中，時見一群一群旋飛的鴿子。除去打麻雀、逛窯子、上酒樓以外，這也是一種古典的娛樂。這種娛樂也來得群眾化一點。牠能在空中發出和悅的響聲，翩翩地飛繞著，教人覺得在一個灰白色的冷天，滿天亂飛亂叫的老鴰的討厭。然而在颳大風的時候，若是你有勇氣上景山的最高處，看看天安門樓屋脊上的鴉群，噪叫的聲音是聽不見，牠們隨風飛揚，直像從什麼大樹飄下來的敗葉，凌亂得有意思。

萬春亭周圍被挖得東一溝，西一窟，據說是管宮的當局挖來試看煤山是不是個大煤堆，像歷來的傳說所傳的，我心裡暗笑信這說的人們。是不是因為北宋亡國的時候，都人在城被圍時，拆毀艮岳的建築木材去充柴火，所以計劃建築北京的人預先堆起一大堆煤，萬一都城被圍的時，人民可以不拆宮殿。這是笨想頭。若是我來計劃，最好來一個米山。米在萬急的時候，也可以生吃，煤可無論如何吃不得。又有人說景山是太行的最終一峰。這也是瞎說。從西山往東幾十里平原，可怎麼不偏不頗在北京城當中出了一座景山？若說北京的建築就是對著景山的子午，為什麼不對北海的瓊島？我

想景山明是開紫金城外的護河所積的土，瓊島也是累積從北海挖出來的土而成的。

從亭後的樹縫裡遠遠看見鼓樓。地安門前後的大街，人馬默默地走，城市的喧囂聲，一點也聽不見。鼓樓是不讓正陽門那樣雄壯地挺著。它的名字，改了又改，一會是明恥樓，一會又是齊政樓，現在大概又是明恥樓吧。明恥不難，雪恥得努力。只怕市民能明白那恥的還不多，想來是多麼可憐。記得前幾年「三民主義」、「帝國主義」這套名詞隨著北伐軍到北平的時候，市民看些篆字標語，好像都明白各人蒙著無上的恥辱，而這恥辱是由於帝國主義的壓迫。所以大家也隨聲附和唱著打倒和推翻。

從山上下來，崇禎殉國的地方依然是那麼半死的槐樹。據說樹上原有一條鏈子鎖著，庚子聯軍入京以後就不見了，現在那枯槁的部分，還有一個大洞，當時的鏈痕還隱約可以看見。義和團運動的結果，從解放這棵樹發展到解放這民族。這是一件多麼可以發人深思的對象呢？山後的柏樹發出幽恬的香氣，好像是對於這地方的永遠供物。

壽皇殿鎖閉得嚴嚴地，因為誰也不願意努爾哈赤的種類再做白痴的夢。每年的祭祀不舉行了，莊嚴的神樂再也不能聽見，只有從鄉間進城來唱秧歌的孩子們，在牆外打的鑼鼓，有時還可以送到殿前。

　　到景山門，回頭仰望頂上方才所坐的地方，人都下來了。樹上幾隻很面熟卻不認得的鳥在叫著。亭裡殘破的古佛還坐在結那沒人能懂的手印。

先農壇

　　曾經一度繁華過的香廠，現在剩下些破爛不堪的房子，偶爾經過，只見大兵們在廣場上練國技。望南再走，排地攤的猶如往日，只是好東西越來越少，到處都看見外國來的空酒瓶、香水樽、胭脂盒，乃至簇新的東洋瓷器，估衣攤上的不入時的衣服，「一塊八」、「兩塊四」叫賣的夥計連翻帶地兜攬，買主沒有，看主卻是很多。

　　在一條凹凸得格別的馬路上走，不覺進了先農壇的地界。從前在壇裡唯一新建築，「四面鐘」，如今只剩一座空洞的高臺，四圍的柏樹早已變成富人們的棺材或傢俬了。東邊一座禮拜寺是新的。球場上還有人在那裡練習。綿羊三五群，遍地披著枯黃的草根。風稍微一動，塵土便隨著飛起，可惜顏色太壞，若是雪白或朱紅，豈不是很好的國貨化妝材料？

　　到壇北門，照例買票進去。古柏依舊，茶座全空。大兵們住在大殿裡，很好看的門窗，都被拆作柴火燒了。希望北平市遊覽區劃定以後，可以有一筆大款來修理。北平的舊建築，漸次少了，房主不斷地賣折貨。像最近的定王府，原是明朝胡大海的府邸，論起建築的年代足有五百多年。假若政

231

府有心保存北平古物，絕不致於讓市民隨意拆毀。拆一間是少一間。現在壇裡，大兵拆起公有建築來了。愛國得先從愛惜公共的產業做起，得先從愛惜歷史的陳跡做起。

觀耕臺上坐著一男一女，正在密談，心情的熱真能抵禦環境的冷。桃樹柳樹都脫掉葉衣，做三冬的長眠，風搖鳥喚，都不聽見。雩壇邊的鹿，伶俐的眼睛隙望著過路的人。遊客本來有三兩個，牠們見了特別相親。在那麼空曠的園囿，本不必攔著牠們，只要四圍開上七八尺深的溝，斜削溝的裡壁，使當中成一個圓丘，鹿放在當中，雖沒遮欄也跳不上來。這樣，園景必定優美得多。星雲壇比岳瀆壇更破爛不堪。干蒿敗艾，滿布在磚縫瓦礫之間，拂人衣裾，便發出一種清越的香味。老松在夕陽底下默然站著。人說它像盤旋的虯龍，我說它像開屏的孔雀，一顆一顆的松毬，襯著暗綠的針葉，遠望著更像得很。松是中國人的理想性格，畫家沒有不喜歡畫它。孔子說它後凋還是屈了它，應當說它不凋才對。英國人對於橡樹的情感就和中國對於松樹的一樣。中國人愛松並不盡是因為它長壽，乃是因它當飄風飛雪的時節能夠站得住，生機不斷，可發榮的時間一到，便又青綠起來。人對著松樹是不會失望的，它能給人一種興奮，雖然樹上留著許多枯枝丫，看來越發增加它的壯美。就是枯死，也不像別的樹木等閒地倒下來。千年百年是那麼立著，藤蘿纏它，

薜荔黏它，都不怕，反而使它更優越更秀麗。古人說松籟好聽得像龍吟。龍吟我們沒有聽過，可是它所發出的逸韻，真能使人忘掉名利，動出塵的想頭。可是要記得這樣的聲音，絕不是一寸一尺的小松所能發出，非要經得百千年的磨練，受過風霜或者吃過斧斤的虧，能夠立得定以後，是做不到的。所以當年壯的時候，應學松柏的抵抗力，忍耐力，和增進力；到年衰的時候，也不妨送出清越的籟。

　　對著松樹坐了半天。金黃色的霞光已經收了，不免離開雩壇直出大門。門外前幾年挖的戰壕，還沒填滿。羊群領著我向著歸路。道邊放著一擔菊花，賣花人站在一家門口與那淡妝的女郎講價，不提防擔裡的黃花教羊吃了幾棵。那人索性將兩棵帶泥丸的菊花向羊群猛擲過去，口裡罵「你等死的羊孫子！」可也沒奈何。吃剩的花散布在道上，也教車輪碾碎了。

憶盧溝橋

記得離北平以前，最後到盧溝橋，是在二十二年的春天。我與同事劉兆蕙先生在一個清早由廣安門順著大道步行，經過大井村，已是十點多鐘。參拜了義井庵的千手觀音，就在大悲閣外少憩。那菩薩像有三丈多高，是金銅鑄成的，體相還好，不過屋宇傾頹，香煙零落，也許是因為求願的人們發生了求財賠本求子喪妻的事情罷。這次的出遊本是為訪求另一尊銅佛而來的。我聽見從宛平城來的人告訴我那城附近有所古廟塌了，其中許多金銅佛像，年代都是很古的。為知識上的興趣，不得不去採訪一下。大井村的千手觀音是有著錄的，所以也順便去看看。

出大井村，在官道上，巍然立著一座牌坊，是乾隆四十年建的。坊東面額書「經環同軌」，西面是「蕩平歸極」。建坊的原意不得而知，將來能夠用來做凱旋門那就最合宜不過了。

春天的燕郊，若沒有大風，就很可以使人流連。樹幹上或土牆邊蝸牛在畫著銀色的涎路。牠們慢慢移動，像不知道牠們的小介殼以外還有什麼宇宙似地。柳塘邊的雛鴨披著淡黃色的毦毛，映著嫩綠的新葉；游泳時，微波隨蹼翻起，泛

234

成一彎一彎動著的曲紋，這都是生趣的示現。走乏了，且在路邊的墓園少住一回。劉先生站在一座很美麗的窣堵波上，要我給他拍照。在榆樹蔭覆之下，我們沒感到路上太陽的酷烈。寂靜的墓園裡，雖沒有什麼名花，野卉倒也長得頂得意地。忙碌的蜜蜂，兩隻小腿黏著些少花粉，還在採集著。螞蟻為爭一條爛殘的蚱蜢腿，在枯藤的根本上爭鬥著。落網的小蝶，一片翅膀已失掉效用，還在掙扎著。這也是生趣的示現，不過意味有點不同罷了。

閒談著，已見日麗中天，前面宛平城也在域之內了。宛平城在盧溝橋北，建於明崇禎十年，名叫「拱北城」，周圍不及二里，只有兩個城門，北門是順治門，南門是永昌門。清改拱北為拱極，永昌門為威嚴門。南門外便是盧溝橋。拱北城本來不是縣城，前幾年因為北平改市，縣衙才移到那裡去，所以規模極其簡陋。從前它是個衛城，有武官常駐鎮守著，一直到現在，還是一個很重要的軍事地點。我們隨著駱駝隊進了順治門，在前面不遠，便見了永昌門。大街一條，兩邊多是荒地。我們到預定的地點去探訪，果見一個龐大的銅佛頭和些銅像殘體橫陳在縣立學校裡的地上。拱北城內原有觀音庵與興隆寺，興隆寺內還有許多已無可考的廣慈寺的遺物，那些銅像究竟是屬於哪寺的也無從知道。我們摩挲了一回，才到盧溝橋頭的一家飯店午膳。

　　自從宛平縣署移到拱北城，盧溝橋便成為縣城的繁要街市。橋北的商店民居很多，還保存著從前中原數省入京孔道的規模。橋上的碑亭雖然朽壞，還矗立著。自從歷年的內戰，盧溝橋更成為戎馬往來的要衝，加上長辛店戰役的印象，使附近的居民都知道近代戰爭的大概情形，連小孩也知道飛機、大砲、機關槍都是做什麼用的。到處牆上雖然有標語貼著的痕跡。而在色與量上可不能與賣藥的廣告相比。推開窗戶，看著永定河的濁水穿過疏林，向東南流去，想起陳高的詩：「盧溝橋西車馬多，山頭白日照清波。氈盧亦有江南婦，愁聽金人出塞歌。」清波不見，渾水成潮，是記述與事實的相差，抑昔日與今時的不同，就不得而知了。但想像當日橋下雅集亭的風景，以及金人所掠江南婦女，經過此地的情形，感慨便不能不觸發了。

　　從盧溝橋上經過的可悲可恨可歌可泣的事跡，豈止被金人所掠的江南婦女那一件？可惜橋欄上蹲著的石獅子個個只會張牙裂眥結舌無言，以致許多可以稍留印跡的史實，若不隨蹄塵飛散，也教輪輻壓碎了。我又想著天下最有功德的是橋梁。它把天然的阻隔聯絡起來，它從這岸度引人們到那岸。在橋上走過的是好是歹，於它本來無關，何況在上面走的不過是長途中的一小段，它哪能知道何者是可悲可恨可泣呢？它不必記歷史，反而是歷史記著它。盧溝橋本名廣利

橋，是金大定二十七年始建，至明昌二年（公元一一八九至一一九二年）修成的。它擁有世界的聲名是因為曾入馬哥博羅的記述。馬哥博羅記作「普利桑乾」，而歐洲人都稱它做「馬哥博羅橋」，倒失掉記者讚嘆桑乾河上一道大橋的原意了。中國人是擅於修造石橋的，在建築上只有橋與塔可以保留得較為長久。中國的大石橋每能使人嘆為鬼役神工，盧溝橋的偉大與那有名的泉州洛陽橋和漳州虎渡橋有點不同。論工程，它沒有這兩道橋的宏偉，然而在史蹟上，它是多次繫著民族安危。縱使你把橋拆掉，盧溝橋的神影是永不會被中國人忘記的。這個在「七七」事件發生以後，更使人覺得是如此。當時我只想著日軍許會從古北口入北平，由北平越過這道名橋侵入中原，絕想不到火頭就會在我那時所站的地方發出來。

在飯店裡，隨便吃些燒餅，就出來，在橋上張望。鐵路橋在遠處平行地架著。駝煤的駱駝隊隨著鈴鐺的音節整齊地在橋上邁步。小商人與農民在雕欄下作交易上很有禮貌的計較。婦女們在橋下浣衣，樂融融地交談。人們雖不理會國勢的嚴重，可是從軍隊裡宣傳員口裡也知道強敵已在門口。我們本不為做間諜去的，因為在橋上向路人多問了些話，便教警官注意起來，我們也自好笑。我是為當事官吏的注意而高興，覺得他們時刻在提防著，警備著。過了橋，便望見實

柘山，蒼翠的山色，指示著日斜多了幾度，在礫原上流連片時，暫覺晚風拂衣，若不回轉，就得住店了。「盧溝曉月」是有名的。為領略這美景，到店裡住一宿，本來也值得，不過我對於曉風殘月一類的景物素來不大喜愛。我愛月在黑夜裡所顯的光明。曉月只有垂死的光，想來是很淒涼的。還是回家罷。

　　我們不從原路去，就在拱北城外分道。劉先生沿著舊河床，向北迴海甸去。我撿了幾塊石頭，向著八里莊那條路走。進到阜城門，望見北海的白塔已經成為一個剪影貼在灑銀的暗藍紙上。

電子書購買

國家圖書館出版品預行編目資料

山響：以直白筆觸表達獨見感悟，許地山精選
散文集 / 許地山 著 . -- 第一版 . -- 臺北市：崧燁
文化事業有限公司 , 2023.08
　　面 ;　　公分
POD 版
ISBN 978-626-357-535-6(平裝)
863.55　　112011256

山響：以直白筆觸表達獨見感悟，許地山精選散文集

臉書

作　　　者：許地山
發 行 人：黃振庭
出 版 者：崧燁文化事業有限公司
發 行 者：崧燁文化事業有限公司
E - m a i l：sonbookservice@gmail.com
粉 絲 頁：https://www.facebook.com/sonbookss/
網　　　址：https://sonbook.net/
地　　　址：台北市中正區重慶南路一段六十一號八樓 815 室
Rm. 815, 8F., No.61, Sec. 1, Chongqing S. Rd., Zhongzheng Dist., Taipei City 100, Taiwan
電　　　話：(02)2370-3310　　　傳　　　真：(02) 2388-1990
印　　　刷：京峯數位服務有限公司
律師顧問：廣華律師事務所 張珮琦律師

定　　　價：320 元
發行日期：2023 年 08 月第一版
◎本書以 POD 印製
Design Assets from Freepik.com